U0604600

未讀 文艺家

# W
## illiam
## S
### hakes
### peare

# THE
# WINTER'S
# TALE

The Most Beautiful
Selections of
Shakespeare's Plays

最 ※ 美 ※ 莎 ※ 翁 ※ 经 ※ 典 ※ 剧 ※ 作 ※ 集

## 冬 ❖ 天 ❖ 的 ❖ 故 ❖ 事

〔英〕莎士比亚 …………… 著　　朱生豪 …………… 译

北京联合出版公司
Beijing United Publishing Co.,Ltd.

图书在版编目（CIP）数据

冬天的故事 / （英）莎士比亚著；朱生豪译. — 北京：北京联合出版公司，2016.5
（最美莎翁经典剧作集）
ISBN 978-7-5502-6577-6

Ⅰ. ①冬… Ⅱ. ①莎… ②朱… Ⅲ. ①传奇剧（话剧）－剧本－英国－中世纪 Ⅳ. ①I561.33

中国版本图书馆CIP数据核字（2016）第060955号

  关注未读好书

最美莎翁经典剧作集·冬天的故事

作　　者：〔英〕莎士比亚
译　　者：朱生豪
出品人：唐学雷
策　　划：联合天际
特约编辑：陈胜伟 张黎明
责任编辑：李 伟 刘 凯
封面装帧：typo_d
内文设计：黄 莹

北京联合出版公司出版
（北京市西城区德外大街83号楼9层　100088）
北京联兴盛业印刷股份有限公司印刷　新华书店经销
字数69千字　787毫米×1092毫米　1/32　5.25印张　0.25插页
2016年6月第1版　2016年6月第1次印刷
ISBN 978-7-5502-6577-6
定价：32.00元

联合天际Club
官方直销平台

威廉·汉密尔顿

William Hamilton

1751~1801

第二幕｜第一场

西西里王宫中，勃然大怒的国王里昂提斯指责王后赫米温妮与波希米亚国王波力克希尼斯通奸，并将王子迈密勒斯从王后身边夺走。

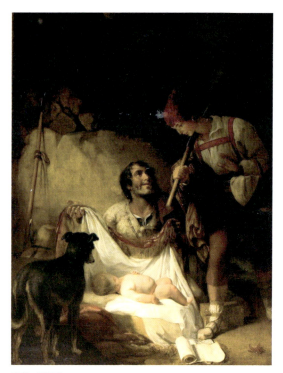

亨利·汤姆森

Henry Thomson

1773—1843

### 第三幕｜第三场

波希米亚的荒原上，牧羊人发现被遗弃的潘狄塔。

弗朗西斯·惠特利

Francis Wheatley

1747–1801

第四幕 | 第三场

牧人村舍前的草地上，潘狄塔和弗罗利泽与乔装打扮的波力克希尼斯交谈。

查尔斯 · 罗伯特 · 莱斯利

Charles Robert Leslie

1794~1859

## 第四幕｜第三场

奥托里古斯向牧羊人们兜售小饰品、缎带、歌谣曲谱等小
商品。

威廉·汉密尔顿

William Hamilton

1751~1801

第五幕 | 第三场

宝丽娜府中，赫米温妮从“雕像”中复活，众人欣喜若狂。

# William Shakespeare

1564~1616

# 剧 中 人 物

里昂提斯 ◆ 西西里国王

迈密勒斯 ◆ 西西里小王子

卡密罗 | 西西里大臣

安提哥纳斯

克里奥米尼斯

狄温

波力克希尼斯 ◆ 波希米亚国王

弗罗利泽 ◆ 波西米亚国王之子

阿契达摩斯 ◆ 波希米亚大臣

水手

狱吏

牧人 ◆ 潘狄塔的假父

小丑 ◆ 牧人之子

牧人之仆

奥托里古斯 ◆ 流氓

赫米温妮 ◆ 里昂提斯之后

潘狄塔 ◆ 里昂提斯及赫米温妮之女

宝丽娜 ◆ 安提哥纳斯之妻

i

爱米利娅 宫女 ｜ 随侍王后

其他宫女 ｜

毛大姐 牧羊女 ｜

陶姑儿 ｜

西西里众臣及贵妇；侍从及卫士；扮萨提尔者；

牧人及牧羊女等；致辞者扮时间

---------------- **地　点** ----------------

西西里；波希米亚

# Act_1

# 第　一　场

西西里。里昂提斯宫中的前厅

卡密罗及阿契达摩斯上

**阿契达摩斯**　卡密罗，要是您有机会到波希米亚来，也像我这回陪驾来到贵处一样，我已经说过，您一定可以瞧出我们的波希米亚跟你们的西西里有很大的不同。

**卡密罗**　我想明年夏天西西里王打算答访波希米亚。

**阿契达摩斯**　我们的简陋的款待虽然不免贻笑，可是我们会用热情来表示我们的诚意；因为说老实话——

**卡密罗**　请您——

**阿契达摩斯**　真的，我并不是随口说说。我们不能像这样盛大——用这种珍奇的——我简直说不出来。

3

可是我们会给你们喝醉人的酒，好让你们感
觉不到我们的简陋；虽然得不到你们的夸奖，
至少也不会惹你们见怪。

卡密罗　您太言重了。

阿契达摩斯　相信我，我说的都是从心里说出来的老实话。

卡密罗　西西里对于波希米亚的情谊，是怎么也不能完
全表示出来的。两位陛下从小便在一起受教
育；他们彼此间的感情本来非常深切，无怪
现在这么要好。自从他们长大之后，地位和
政治上的必要使他们不能再在一起，但是他
们仍旧交换着礼物、书信和友谊的使节，代替
着当面的晤对。虽然隔离，却似乎朝夕共处；
远隔重洋，却似乎携手相亲；一在天南，一在
地北，却似乎可以互相拥抱。但愿上天继续
着他们的友谊！

阿契达摩斯　我想世间没有什么阴谋或意外的事故可以改变
他们的心，你们那位小王子迈密勒斯真是一位
福星，他是我眼中所见到的最有希望的少年。

卡密罗　我很同意你对于他的期望。他是个了不得的孩
子，受到全国人民的爱慕。在他没有诞生以
前便已经扶杖而行的老人，也在希望着能够

活到看见他长大成人的一天。

阿契达摩斯　否则他们便会甘心死去吗？

　　卡密罗　是的，要是此外没有必须活下去的理由。

阿契达摩斯　要是王上没有儿子，他们会希望扶着拐杖活下去看到他有个孩子的。

| 同下

同前。宫中大厅

里昂提斯、波力克希尼斯、赫米

温妮、迈密勒斯、卡密罗及侍从等上

**波力克希尼斯**　自从我抛开政务、辞别我的御座之后,牧人日历

中如水的明月已经盈亏了九度。再长一倍的

时间也会载满了我的感谢,我的王兄;可是

现在我必须负着永远不能报答的恩情而告别

了。像一个置身在富丽之处的微贱之徒,我

再在以前已经说过的千万次道谢之上加上一

句:"谢谢!"

**里昂提斯**　且慢道谢,等您去的时候再说吧。

**波力克希尼斯**　王兄,那就是明天了。我在担心着当我不在的

时候，也许国中会发生什么事情；——但愿平安无事，不要让我的疑惧果成事实！而且，我住的时间已经长得叫您生厌了。

里昂提斯　王兄，您别瞧我不中用，以为我一下子就会不耐烦起来的。

波力克希尼斯　不再耽搁下去了。

里昂提斯　再住一个星期吧。

波力克希尼斯　真的，明天就要去了。

里昂提斯　那么我们把时间折半平分；这您可不能反对了。

波力克希尼斯　请您不要这样勉强我。世上没有人，绝对没有人能像您那样说动我；要是您的请求对于您确实是必要，那么即使我有必须拒绝的理由，我也会遵命住下。可是我的事情逼着我回去，您要是拦住我，虽说出于好意，却像是给我一种惩罚。同时我耽搁在这儿，又要累您麻烦。免得两面不讨好，王兄，我们还是分手了吧。

里昂提斯　你变成结舌了吗，我的王后？你说句话儿。

赫米温妮　我在想，陛下，等您逼得他发誓决不耽搁的时候再开口。陛下的言辞太冷淡了些。您应当对他说您相信波希米亚一切都平安，这可以用过去的日子来证明的。这样对他说了之后，

8

他就无可借口了。

里昂提斯　说得好，赫米温妮。

赫米温妮　要是说他渴想见他的儿子，那倒是一个有力的理由；他要是这样说，便可以放他去；他要是这样发誓，就可以不必耽搁，我们会用纺线杆子把他打走的。[向波力克希尼斯]可是这不是您的理由，因此我敢再向陛下告借一个星期；等您在波希米亚接待我的王爷的时候，我可以允许他比约定告辞的日子迟一个月回来。——可是说老实话，里昂提斯，我的爱你一分一秒都不下于无论哪位老爷的太太哩。——您答应住下来吗？

波力克希尼斯　不，王嫂。

赫米温妮　您一定不答应住下来吗？

波力克希尼斯　我真的不能耽搁了。

赫米温妮　真的！您用这种话来轻轻地拒绝我；可是即使您发下漫天大誓，我仍旧要说："陛下，您不准去。"真的，您不能去；女人嘴里说一句"真的"，也跟王爷们嘴里说的"真的"一样有力呢。您仍旧要去吗？一定要我把您像囚犯一样拘禁起来，而不像贵宾一样款留着吗？

您宁愿用赎金代替道谢而脱身回去吗？您怎么说？我的囚犯呢，还是我的贵宾？凭着您那句可怕的"真的"，您必须在两者之间选取其一。

波力克希尼斯　那么，王嫂，我还是做您的宾客吧；做您的囚犯是说我有什么冒犯的地方，那我是断断不敢的。

赫米温妮　那么我也不是您的狱卒，而是您的殷勤的主妇了。来，我要问问您，我的王爷跟您两人小时候喜欢玩些什么把戏；那时你们一定是很有趣的哥儿吧？

波力克希尼斯　王嫂，我们那时是两个不知道有将来的孩子，以为明天就跟今天一样，永远是个孩子。

赫米温妮　我的王爷不是比您更喜欢开玩笑吗？

波力克希尼斯　我们就像是在阳光中欢跃的一对孪生的羔羊，彼此交换着咩咩的叫唤。我们各以一片天真相待，不懂得做恶事，也不曾梦想到世间会有恶人。要是我们继续过那种生活，要是我们的脆弱的心灵从不曾被激烈的情欲所激动，那么我们可以大胆向上天说，人类所继承下来的罪恶，我们是无分的。

| | |
|---|---|
| 赫米温妮 | 照这样说来，我知道你们以后曾经犯过罪了。 |
| 波力克希尼斯 | 啊！我的圣洁的娘娘！此后我们便受到了诱惑；因为在那些乳臭未干的日子，我的妻子还是一个女孩子，您的美妙的姿容也还不曾映进我的少年游侣的眼中。 |
| 赫米温妮 | 哎哟！您别说下去了，也许您要说您的娘娘跟我都是魔鬼哩。可是您说下去也不妨；我们可以担承陷害你们的罪名，只要你们跟我们犯罪是第一次，只要你们继续跟我们犯罪，而不去跟别人犯罪。 |
| 里昂提斯 | 他有没有答应？ |
| 赫米温妮 | 他愿意住下来了，陛下。 |
| 里昂提斯 | 我请他，他却不肯。赫米温妮，我的亲爱的，你的三寸舌建了空前的奇功了。 |
| 赫米温妮 | 空前的吗？ |
| 里昂提斯 | 除了还有一次之外，可以说是空前的。 |
| 赫米温妮 | 什么！我的舌头曾经立过两次奇功吗？以前的那次是在什么时候？请你告诉我；把我夸奖得心花怒放，高兴得像一头养肥了的家畜似的。一件功劳要是默默无闻，可以消沉了以后再做一千件的兴致；褒奖便是我们的酬报。 |

一回的鞭策还不曾使马儿走过一亩地，温柔的一吻早已使它驰过百里。言归正传：我刚才的功劳是劝他住下；以前的那件呢？要是我不曾听错，那么它还有一个大姊姊哩；我希望她有一个高雅的名字！可是那一回我说出好话来是在什么时候？告诉我吧！我急于要知道呢。

**里昂提斯**　那就是当三个月难堪的时间终于黯然消逝，我毕竟使你伸出你的白白的手来，答应委身于我的那时候；你说："我永远是你的了。"

**赫米温妮**　那真是一句好话。你们瞧，我已经说过两回好话了；一次我永久得到了一位君王，一次我暂时留住了一位朋友。[伸手给波力克希尼斯]

**里昂提斯**　[旁白]太热了！太热了！朋友交得太亲密了，难免发生情欲上的纠纷。我的心在跳着；可不是因为欢喜；不是欢喜。这种招待客人的样子也许是很纯洁的，不过因为诚恳、因为慷慨、因为一片真心而忘怀了形迹，并没有什么可以非议的地方；我承认那是没有什么关系的。可是手捏着手，指头碰着指头，像他们现在这个样子；脸上装着不自然的笑容，

12

好像对着镜子似的；又叹起气来，好像一头鹿临死前的喘息：嘿！那种招待我可不欢喜；就是我的额角也不愿意长什么东西出来呢。——迈密勒斯，你是我的孩子吗？

**迈密勒斯** 是的，好爸爸。

**里昂提斯** 哈哈，真是我的好小子。怎么！把你的鼻子弄脏了吗？人家说他活像我的样子。来，司令官，我们一定要齐齐整整；不是齐齐整整，是干干净净，司令官；可是公牛、母牛和小牛，人家也会说它们齐齐整整。——还在弄他的手心！——喂喂，你这顽皮的小牛！你是我的小牛吗？

**迈密勒斯** 是的，要是您愿意，爸爸。

**里昂提斯** 你要是有一头蓬松的头发，再出了一对像我这样的角儿，那就完全像我了。可是人家说我们简直像两个蛋一样相像：女人们这样说，她们是什么都说得出来的；可是即使她们像染坏了的黑布一样坏，像风像水一样轻浮不定，像骗子在赌钱时用的骰子一样不可捉摸，然而说这孩子像我却总是一句真话。来，哥儿，用你那蔚蓝的眼睛望着我。可爱

的坏东西！最亲爱的！我的肉！你的娘会不
会？——也许有这种事吗？——爱情！你深
入一切事物的中心；你会把不存在的事实变
成可能，而和梦境互相沟通；——怎么会有
这种事呢？——你能和伪妄合作，和空虚联
络，难道便不会和实体发生关系吗？这种事
情已经无忌惮地发生了，我已经看了出来，使
我痛心疾首。

波力克希尼斯　西西里在说些什么？

赫米温妮　他好像有些烦躁。

波力克希尼斯　喂，王兄！怎么啦？你觉得怎样，王兄？

赫米温妮　您似乎头脑昏乱；想到了什么心事啦，陛下？

里昂提斯　不，真的没有什么。有时人类的至情会使人做
出痴态来，叫心硬的人看着取笑！瞧我这孩
子脸上的线条，我觉得好像恢复到二十三年
之前，看见我自己不穿裤子，罩着一件绿天鹅
绒的外衣，我的短剑套在鞘子里，因恐它伤了
它的主人，如同一般装饰品一样，证明它是太
危险的；我觉得那时的我多么像这个小东西，
这位小爷爷。——我的好朋友，你愿意让人
家欺骗你吗？

迈密勒斯　　不，爸爸，我要跟他打。

里昂提斯　　你要跟他打吗? 哈哈! ——王兄，您也像我们
　　　　　　这样喜欢您的小王子吗?

波力克希尼斯　在家里，王兄，他是我唯一的消遣，唯一的安慰，
　　　　　　唯一的关心; 一会儿是我的结义之交，一会
　　　　　　儿又是我的敌人; 一会儿又是我的朝臣、我
　　　　　　的兵士和我的官员。他使七月的白昼像十二
　　　　　　月天一样短促，用种种孩子气的方法来解除
　　　　　　我心中的郁闷。

里昂提斯　　这位小爷爷对我也是这样。王兄，我们两人先
　　　　　　去，你们多耽搁一会儿。赫米温妮，把你对我
　　　　　　的爱情，好好地在招待我这位王兄的上头表
　　　　　　示出来吧; 西西里所有的一切贵重的东西，
　　　　　　都不要嫌破费去备来。除了你自己和我这位
　　　　　　小流氓之外，他便是我最贴心的人了。

赫米温妮　　假如您需要我们，我们就在园里; 我们就在那
　　　　　　边等着您好吗?

里昂提斯　　随你们便吧，只要你们不飞到天上去，总可以找
　　　　　　得到的。[旁白]我现在在垂钓，虽然你们没
　　　　　　有看见我放下钓线去。好吧，好吧! 瞧她那
　　　　　　么把嘴向他送过去! 简直像个妻子对她正式

的丈夫那样无所顾忌!

| 波力克希尼斯、赫米温妮及侍从

等下

已经去了! 一顶绿头巾已经稳稳地戴上了! 去玩去吧,孩子,玩去吧。你妈在玩着,我也在玩着;可是我扮的是这么一个丢脸的角色,准要给人喝倒嘘嘘下了坟墓去的,轻蔑和讥笑便是我的葬钟。去玩去吧,孩子,玩去吧。要是我不曾弄错,那么乌龟这东西确是从来便有的;即使在现在,当我说这话的时候,一定就有许多人抱着他的妻子,却不知道她在他不在的时候早已给别人揩过油;他自己池子里的鱼,已经给他笑脸的邻居捞了去。我道不孤,聊堪自慰。假如有了不贞的妻子的男人全都怨起命来,世界上十分之一的人类都要上吊死了。补救的办法是一点没有的。正像有一个荒淫的星球照临人世,到处惹是招非。你想,东南西北,无论哪处都抵挡不过肚子底下的作怪;魔鬼简直可以带了箱笼行李堂而皇之地进出呢。我们中间有千万个人都害着这毛病,但自己却不觉得。喂,孩子!

迈密勒斯　他们说我像您呢。

里昂提斯　嗯,这倒是我的一点点儿安慰。喂!卡密罗在
　　　　　不在?

卡密罗　有,陛下。

里昂提斯　去玩吧,迈密勒斯;你是个好人儿。

迈密勒斯下

　　　　　卡密罗,这位大王爷还要住下去呢。

卡密罗　您好容易才把他留住的;方才抛下几次锚去,
　　　　　都没有成功。

里昂提斯　你也注意到了吗?

卡密罗　您几次请求他,他都不肯再留,反而把他自己的
　　　　　事情说得更为重要。

里昂提斯　你也看出来了吗? [旁白]他们已经在那边交
　　　　　头接耳地说西西里是这么这么了。事情已经
　　　　　发展到这地步,我应该老早就瞧出来的。——
　　　　　卡密罗,他怎么会留下来?

卡密罗　因为听从了贤德的王后的恳求。

里昂提斯　单说听从了王后的恳求就够了;贤德两个字却
　　　　　不大得当。表面是这样,其中却另有缘故。
　　　　　除了你之外,还有什么明白人看出来了吗?
　　　　　你的眼睛是特别亮的,比普通木头脑壳的人

17

更善于察言观色；大概只有少数几个机灵人才注意到吧？低贱的人众也许对这种把戏毫无所知吧？你说。

卡密罗　什么把戏，陛下！我以为大家都知道波希米亚王要在这儿多住几天。

里昂提斯　嘿！

卡密罗　在这儿多住几天。

里昂提斯　嗯，可是什么道理呢？

卡密罗　因为不忍辜负陛下跟我们大贤大德的娘娘的美意。

里昂提斯　不忍辜负你娘娘的美意！这就够了。卡密罗，我不曾瞒过你一切我心底里的事情，向来我的私事都要跟你商量过；你常常像个教士一样洗净我胸中的污点，听过了你的话，我便像个悔罪的信徒一样得到了不少的教益。我以为你是个忠心的臣子，可是我看错人了。

卡密罗　我希望不至于吧，陛下！

里昂提斯　我还要这样说，你是个不诚实的人；否则，要是你还有几分诚实，你便是个懦夫，不敢堂堂正正地尽你的本分；否则你是个为主人所倚重而辜恩怠职的仆人；或是一个傻瓜，看见一场赌局告终，大宗的赌注都已被人赢走，还以为只是一场玩笑。

**卡密罗** 陛下明鉴，微臣也许是疏忽、愚蠢而胆小；这些毛病是每个人免不了的，在世事的纷纭之中，常常不免要显露出来。在陛下的事情上我要是故意疏忽，那是因为我的愚蠢；要是我有心假作痴呆，那是因为我的疏忽，不曾顾虑到结果；要是有时我不敢去做一件我所抱着疑虑的事，可是后来毕竟证明了不做是不对的，那是连聪明人也常犯的胆怯：这些弱点，陛下，是正直人所不免的。可是我要请陛下明白告诉我我的错处，好让我有辩白的机会。

**里昂提斯** 难道你没有看见吗，卡密罗？——可是那不用说了，你一定已经看见，否则你的眼睛比乌龟壳还昏沉了；——难道你没有听见吗？——像这种彰明昭著的事情，不会没有谣言兴起的——难道你也没有想到我的妻子是不贞的吗？——一个人除非没有脑子，总会思想的。要是你不能厚着脸皮说你不生眼睛不长耳朵没有头脑，你就该承认我的妻子是一匹给人骑着玩的木马；就像没有出嫁便去跟人睡觉的那种小户人家的女子一样淫贱。你老实说吧。

卡密罗　要是我听见别人这样诽谤我的娘娘，我一定要马上给他一些颜色看的。真的，您从来没有说过像这样不成体统的话；把那种话重说一遍，那罪恶就跟您所说的这种事一样大，如果那是真的话。

里昂提斯　难道那样悄声说话不算什么一回事吗？脸贴着脸，鼻子碰着鼻子，嘴唇咂着嘴唇，笑声里夹着一两声叹息，这些百无一失的失贞的表征，都不算什么一回事吗？脚踩着脚，躲在角落里，巴不得钟走得快些，一点钟一点钟变成一分钟一分钟，中午赶快变成深夜；巴不得众人的眼睛都出了毛病，不看见他们的恶事；这难道不算什么一回事吗？嘿，那么这世界和它所有的一切都不算什么一回事；笼罩宇宙的天空也不算什么一回事；波希米亚也不算什么一回事；我的妻子也不算什么一回事；这些算不得什么事的什么事根本就没有存在，要是这不算是什么一回事。

卡密罗　陛下，这种病态的思想，您赶快去掉吧；它是十分危险的。

里昂提斯　即使它是危险的，真总是真的。

　卡密罗　不，不，不是真的，陛下。

里昂提斯　是真的；你说谎！你说谎！我说你说谎，卡密罗；我讨厌你。你是个大大的蠢货，没有脑子的奴才；否则便是个周旋于两可之间的骑墙分子，能够看明善恶，却不敢得罪哪一方。我的妻子的肝脏要是像她的生活那样腐烂，她不能再活到下一个钟头。

　卡密罗　谁把她腐烂了？

里昂提斯　嘿，就是那个把她当作肖像一样挂在头颈上的波希米亚啦。要是我身边有生眼睛的忠心的臣子，不但只顾他们个人的利害，也顾到我的名誉，他们一定会干一些事来阻止以后有更坏的事情发生。你是他的行觞的侍臣，我把你从卑微的地位提拔起来，使你身居显要；你知道我的烦恼，就像天看见地、地看见天一样明白：你可以给我的仇人调好一杯酒，让他得到一个永久的安眠，那就使我大大地高兴了。

　卡密罗　陛下，我可以干这事，而且不用急性的药物，只用一种慢性的，使他不觉得中了毒。可是我不能相信娘娘会这样败德，她是那样高贵的人。我已经尽忠于您——

里昂提斯　你要是还不相信，你就该死了！你以为我是这样傻，发痴似的会这么自寻烦恼，使我的被褥蒙上不洁，让荆棘榛刺和黄蜂之尾来捣乱我的睡眠，让人家怀疑我的儿子的血统，虽然我相信他是我的而疼爱着他；难道我会无中生有，而没有充分的理由吗？谁能这样丢自己的脸呢？

卡密罗　我必须相信您的话，陛下。我相信您，愿意就去谋害波希米亚。他一除去之后，请陛下看在小殿下的面上，仍旧跟娘娘和好如初，免得和我们有来往的列国朝廷里兴起谣诼来。

里昂提斯　你说得正合我心；我决不让她的名誉上沾染污点。

卡密罗　陛下，那么您就去吧；对于波希米亚和娘娘，您仍然要装出一副和气殷勤的容貌。我是他的行觞的侍臣；要是他喝了我的酒毫无异状，您就不用把我当作您的仆人。

里昂提斯　好，没有别的事了。你做了此事，我的一半的心

便属于你的；倘不做此事，我要把你的心剖
成两半。

卡密罗　我一定去做，陛下。

里昂提斯　我就听你的话，装出一副和气的样子。

│下

卡密罗　唉，不幸的娘娘！可是我在什么一种处境中呢？
我必须去毒死善良的波力克希尼斯，理由只
是因为服从我的主人，他自己发了疯，硬要叫
他手下的人也跟着他干发疯的事。我做了这
件事，便有升官发财的希望。即使我能够在
几千件谋害人君的前例中找出后来会有好结
果的人，我也不愿去做；既然碑版卷籍上从
来不曾记载过这样一个例子，那么为了不干
这种罪恶的事，我也顾不得尽忠了。我必须
离开朝廷；做与不做，都是一样地为难。但
愿我有好运气！——波希米亚来了。

│波力克希尼斯重上

波力克希尼斯　这可奇了！我觉得这儿有点不大欢迎起我来。
不说一句话吗？——早安，卡密罗！

卡密罗　给陛下请安！

波力克希尼斯　朝中有什么消息？

23

卡密罗　　　　没有什么特别的消息，陛下。

波力克希尼斯　你们大王的脸上似乎失去了什么州省或是一块
　　　　　　　宝贵的土地一样；刚才我见了他，照常礼向他
　　　　　　　招呼，他却把眼睛转向别处，抹一抹瞧不起人
　　　　　　　的嘴唇，便急急地打我身边走去了，使我莫名
　　　　　　　其妙，不知道什么事情使他这样改变了态度。

卡密罗　　　　我不敢知道，陛下。

波力克希尼斯　怎么！不敢知道！还是不知道？你知道了，可
　　　　　　　是不敢说出来吗？讲明白点吧，多半是这样
　　　　　　　的；因为就你自己而论，你所知道的，你一定
　　　　　　　知道，没有什么不敢知道的道理。好卡密罗，
　　　　　　　你变了脸色了；你的脸色正像是我的一面镜
　　　　　　　子，反映出我也变了脸色了；因为我知道我
　　　　　　　在这种变动当中一定也有份。

卡密罗　　　　有一种病使我们中间有些人很不舒服，可是我
　　　　　　　说不出是什么病来；而那种病是从仍然健全
　　　　　　　着的您的身上传染过去的。

波力克希尼斯　怎么！从我身上传染过去的？不要以为我的眼
　　　　　　　睛能够伤人；我曾经看觑过千万个人，他们
　　　　　　　因为得到我的注意而荣达起来，可是却不曾
　　　　　　　因此而伤了命。卡密罗，你是个正人君子，加

之学问渊博，洞明世事，那是跟我们的高贵家世一样值得尊重的；要是你知道什么事是应该让我知道的，请不要故意瞒着我。

卡密罗　我不敢回答您。

波力克希尼斯　从我身上传染过去的病，而我却健康着！我非得明白这句话的意思不可，你听见了吗，卡密罗？凭着人类的一切光荣的义务（其中也包括我当前对你的请求），告诉我你以为有什么祸事将要临到我身上；离我多远多近；要是可以避过的话，应当采取什么方法；要是避不了的话，应当怎样忍受。

卡密罗　陛下，我相信您是个高贵的人，您既然以义理责我，我不得不告诉您。听好我的主意吧；我只能很急促地对您说知，您也必须赶快依我的话做，否则您我两人都难幸免，要高喊"完了"！

波力克希尼斯　说吧，好卡密罗。

卡密罗　我是奉命来谋害您的。

波力克希尼斯　奉谁的命，卡密罗？

卡密罗　奉王上的命。

波力克希尼斯　为什么？

卡密罗　　　　他以为——不,他十分确信地发誓说您已经跟
　　　　　　　他的娘娘发生暧昧,确凿得就好像是他亲眼
　　　　　　　看见或是曾经诱导您做那件恶事一样。

波力克希尼斯　啊,真有那样的事,那么让我的血化成溃烂的毒
　　　　　　　脓,我的名字跟那出卖救主的叛徒相提并论
　　　　　　　吧! 让我的纯洁的名声发出恶臭来,嗅觉最
　　　　　　　不灵敏的人也会掩鼻而避之,比之耳朵所曾
　　　　　　　听到过书上所曾记载过的最厉害的恶疾更为
　　　　　　　人所深恶痛恨吧!

卡密罗　　　　您即使指着天上每一颗星星发誓说他误会,那
　　　　　　　也无异于叫海水不要服从月亮,因为想用立
　　　　　　　誓或劝告来解除他那种痴愚的妄想是决不可
　　　　　　　能的;这种想头已经深植在他的心里,到死
　　　　　　　也不会更移的了。

波力克希尼斯　这是怎么发生的呢?

卡密罗　　　　我不知道;可是我相信避免已经起来的祸患,
　　　　　　　比之追问它怎么发生要安全些。我可以把我
　　　　　　　的一身给您作担保,要是您信得过我,今夜就
　　　　　　　去吧! 我可以去通知您的侍从,叫他们三三
　　　　　　　两两地从边门溜出城外。至于我自己呢,愿
　　　　　　　意从此为您效劳;为了这次的泄露机密,在

这里已经不能再立足了。不要踌躇！我用我父母的名誉为誓，我说的是真话；要是您一定要对证，那我可不敢出场，您的命运也将跟王上亲口定罪的人一样，难逃一死了。

**波力克希尼斯** 我相信你的话，我已经从他的脸上看出他的心思来。把你的手给我，做我的引路者；您将永远得到我的眷宠。我的船只已经备好；我的人民在两天之前就已经盼我回去。这场嫉妒是对一位珍贵的人儿而起的；她是个绝世的佳人，他又是个当代的雄主，因此这嫉妒一定很厉害；而且他以为使他蒙耻的是他的结义的好友，一定更使他急于复仇。恐怖包围着我；但愿我能够平安离去，但愿贤德的王后快乐！她也是这幕剧中的一个角色，可是他不曾对她有恶意的猜疑吧？来，卡密罗，要是你这回帮我脱离此地，我将把你当作父母看待。让我们逃吧。

**卡密罗** 京城的各道边门的钥匙都归我掌管；请陛下赶紧预备起来。来，陛下，走吧！

┃同下

27

# Act_2

第

二

幕

# 第 一 场

西西里。宫中一室

赫米温妮、迈密勒斯及宫女等上

**赫米温妮** 把这孩子带去。他老缠着我,真讨厌死人了。

**宫女甲** 来,我的好殿下,我跟您玩好吗?

**迈密勒斯** 不,我不要你。

**宫女甲** 为什么呢,我的好殿下?

**迈密勒斯** 你吻我吻得那么重,讲起话来仍旧把我当作一个小孩子似的。[向宫女乙]我还是喜欢你一些。

**宫女乙** 为什么呢,殿下?

**迈密勒斯** 不是因为你的眉毛生得黑一些;虽然人家说有些人还是眉毛黑一些好看,只要不十分浓,用笔描成弯弯的样子。

31

宫女乙　谁告诉您这些的？

迈密勒斯　我从女人的脸上看出来的。[向宫女甲]现在我要问你，你的眉毛是什么颜色？

宫女甲　青的，殿下。

迈密勒斯　哎，你在说笑话了；我看见过一位姑娘的鼻子发青，可是青眉毛倒没有见过。

宫女乙　好好听着，您的妈妈肚子高起来了，我们不久便要服侍一位漂亮的小王子；那时您只好跟我们玩了，但也要看我们高兴不高兴。

宫女甲　她近来胖得厉害；愿她幸运！

赫米温妮　你们在讲些什么聪明话？来，哥儿，现在我又要你了。请你陪我坐下来，讲一个故事给我听。

迈密勒斯　是快乐的故事呢，还是悲哀的故事？

赫米温妮　随你的意思讲个快乐点儿的吧。

迈密勒斯　冬天最好讲悲哀的故事。我有一个关于鬼怪和妖精的。

赫米温妮　讲给我们听吧，好哥儿。来，坐下来；讲吧，尽你的本事用你那些鬼怪吓我，这是你的拿手好戏哩。

迈密勒斯　从前有一个人——

赫米温妮　不，坐下来讲；好，讲下去。

**迈密勒斯**　住在墓园的旁边。——我要悄悄地讲,不让那些蟋蟀听见。

**赫米温妮**　那么好,靠近我的耳朵讲吧。

里昂提斯、安提哥纳斯、众臣及

余人等上

**里昂提斯**　看见他在那边吗? 他的随从也在吗? 卡密罗也和他在一起吗?

**臣甲**　我在一簇松树后面碰见他们;我从来不曾见过人们这样匆促地赶路;我一直望到他们上了船。

**里昂提斯**　我多么运气,判断得一点不错! 唉,倒是糊涂些好! 这种运气可是多么倒霉! 酒杯里也许浸着一只蜘蛛,一个人喝了酒走了,却不曾中毒,因为他没有知道这回事;可是假如他看见了这个可怕的东西,知道他怎样喝过了这杯里的酒,他便要呕吐狼藉了。我便是喝过了酒而看见那蜘蛛的人。卡密罗是他的同党,给他居间拉拢;他们在阴谋着算计我的生命,篡夺我的王位,一切的猜疑都已证实;我所差遣的那个奸人,原来已给他预先买通了,被他知道了我的意思,使我空落得人家的笑骂。

33

嘿，真有手段！那些边门怎么这样不费事地
开了？

臣甲　　　这是他的权力所及的，就跟陛下的命令一样
　　　　　有力。

里昂提斯　我很知道。［向赫米温妮］把这孩子给我。幸亏
　　　　　你没有喂他吃奶；虽然他有些像我，可是他
　　　　　的身体里你的血分太多了。

赫米温妮　什么事？开玩笑吗？

里昂提斯　把这孩子带开；不准他走近她的身边；把他
　　　　　带走！

┃ 侍从等拥迈密勒斯下

　　　　　让她跟自己肚子里的那个孽种玩吧；你的肚子
　　　　　是给波力克希尼斯弄大的。

赫米温妮　可是我要说他不曾，而且不管你怎么往坏处想，
　　　　　我发誓你会相信我的话。

里昂提斯　列位贤卿，你们瞧她，仔细瞧着她；你们嘴里
　　　　　刚要说，"她是一个美貌的女人"，你们心里的
　　　　　正义感就会接上去说，"可惜她不贞"。你们
　　　　　可以单单赞美她的外貌，我相信那确是值得
　　　　　赞美的；然后就耸了耸肩，鼻子里一声哼，嘴
　　　　　里一声嘿，这些小小的烙印都是诽谤所常用

的——我说错了，我应当说都是慈悲所常用，因为诽谤是会把贞洁都烙伤了的。你们才说了她是美貌的，还来不及说她是贞洁的，这种耸肩、这种哼、这种嘿，就已经跟着来了。可是让我告诉你们，虽然承认这点使我比任何人都更感觉痛心——她是个淫妇。

赫米温妮　要是说这话的是个恶人，世界上最恶的恶人，那么，这样说也还会使他恶上加恶；您，陛下，可错了。

里昂提斯　你错了，我的娘娘，才会把波力克希尼斯当成了里昂提斯。唉，你这东西！像你这样身份的人，我真不愿这样称呼你，也许大家学着我的样子，粗野地不再顾到社会上阶级的区别，将要任意地把同样的言语向着不论什么人使用，把王子和乞丐等量齐观。我已经说她是个淫妇；我也说过她跟谁通奸；而且她是个叛逆。卡密罗是她的同党，她跟她那个万恶的主犯所干的无耻勾当他都知道；他知道她是个不贞的女人，像粗俗的人们用最难听的名称称呼着的那种货色一样不要脸。而且她也预闻他们这次的逃走。

| | |
|---|---|
| **赫米温妮** | 不,我以生命起誓,我什么都不知情。等到您明白过来,想一想您把我这样羞辱,那时您将要多么难过!我的好王爷,那时您就是承认您错了,也不能再洗刷掉我的委屈。 |
| **里昂提斯** | 不,要是我把这种判断的根据搞错了,那么除非地球小得不够给一个学童在上面抽陀螺。把她带去收了监!谁要是给她说句话儿,即使他和这回事情不相干,也要算他有罪。 |
| **赫米温妮** | 现在正是灾星当头,必须忍耐着等到天日清明的时候。各位大人,我不像我们一般女人那样善于哭泣;也许正因为我流不出无聊的泪水,你们会减少对我的怜悯;可是我心里蕴藏着正义的哀愁,那愤火的燃灼的力量是远胜于眼泪的泛滥的。我请求各位衡情酌理来审判我;好,让他们执行陛下的意旨吧! |
| **里昂提斯** | [向卫士] 没有人听我说吗? |
| **赫米温妮** | 谁愿意跟我去?请陛下准许我带走我的侍女,因为您明白我现在的情形,这是必要的。别哭,傻丫头们,用不着哭;等你们知道你们的娘娘罪有应得的时候,再用眼泪送我吧。我现在去受鞫的结果,一定会证明我的清白。 |

再会，陛下！我一向希望着永远不要看见您伤心，可是现在我相信我将要看见您伤心了。姑娘们，来吧；你们已经得到了许可。

里昂提斯　去，照我的话办；去！

卫士押王后及宫女等下

臣甲　请陛下叫娘娘回来吧。

安提哥纳斯　陛下，您应该仔细考虑您做的事，免得您的聪明正直反而变成了暴虐。这一来有三位贵人都要遭逢不幸，您自己、娘娘和小殿下。

臣甲　陛下，只要您肯接受，我敢并且也愿意用我的生命担保王后是清白的，当着上天和您的面前——我的意思是说，在您所谴责她的这件事情上，她是无罪的。

安提哥纳斯　假如她果然有罪，我便要把我的妻子像狗马一样看守起来，一步都不放松，不放心让她一个人独自待着。因为假如娘娘是不贞的，那么世间女人身上一寸一厘的肉都是不贞的了。

里昂提斯　闭住你们的嘴！

臣甲　陛下——

安提哥纳斯　我们说这些话为的都是您，不是我们自己。您上了人家的当了，那个造谣生事的人不会得

37

到好死的；要是我知道这个坏东西是谁，他休想好好地活在世上！我有三个女孩子，大的十一岁，第二个九岁，小的才四五岁；要是王后果然靠不住，这种事果然是真的话，我愿意叫她们受过。我一定要在她们未满十四岁之前叫她们全变成石女，免得产下淫邪的后代来；她们都是嗣我家声的人，我宁愿阉了自己，也不愿让她们生下败坏门风的子孙。

里昂提斯　住嘴！别再说了！你们都是死人鼻子，冷冰冰地闻不出味来；我可是亲眼看见、亲身感觉到的，正像你们看见我这样用手指碰着你们而感觉到一样。

安提哥纳斯　真是这样的话，那么我们无须去掘什么坟墓来埋葬贞洁；因为世上根本不曾有什么贞洁存在，可以来装饰一下这整个粪污的地面。

里昂提斯　什么！我的话不足信吗？

臣甲　陛下，在这回事情上我宁愿您的话比我的话更不足信；不论您怎样责怪我，我宁愿王后是贞洁的，不愿您的猜疑得到证实。

里昂提斯　哼，我何必跟你们商量？我只要照我自己的意思行事好了。我自有权力，无须征询你们的意见，只是因为好意才对你们说知。假如你们的知觉那样麻木，或者故意假作痴呆，不能或是不愿相信这种真实的事实，那么你们应该知道我本来不需要征求你们的意见；这件事情怎样处置，利害得失，都是我自己的事。

安提哥纳斯　陛下，我也希望您当初只在冷静的推考里把它判断，而没有声张出来。

里昂提斯　那怎么能够呢？倘不是你老悖了，定然你是个天生的蠢材。他们那种狎昵的情形是不难想见的；除了不曾亲眼看见之外，一切都可以证明此事的不虚；再加上卡密罗的逃走，使我不得不采取这种手段。可是这等重大的事情，最忌鲁莽从事，为了进一步确定这事，我已经派急使到德尔斐圣地的阿波罗神庙里去；我所差去的是克里奥米尼斯和狄温两人，你们知道他们都是十分可靠的。他们带来的神谕会告知我们一切，会鼓励我或阻止我这样行事。我这办法好不好？

臣甲　很好，陛下。

里昂提斯　我虽然十分确信不必再知道什么，可是那神谕会使那些不肯接受真理的愚蠢的轻信者无

39

法反对。我认为应当把她关禁起来，以防那两个逃去的人定下的阴谋由她来执行。跟我来吧；我们要当众宣布此事；这事情已经闹大了。

安提哥纳斯 [旁白]照我看来,等到真相大白之后,不过闹下一场笑话而已。

众下

40

# 第 二 场

同前。狱中外室

宝丽娜及侍从等上

**宝丽娜** 通报一声狱吏,告诉他我是谁。

一侍从下

好娘娘,你是配住欧洲最好的王宫的;狱中的
生活你怎么过呢?

侍从偕狱吏重上

**宝丽娜** 长官,你知道我是谁,是不是?

**狱吏** 我知道您是一位我所钦仰的尊贵的夫人。

**宝丽娜** 那么请你带我去见一见王后。

**狱吏** 我不能,夫人;有命令禁止接见。

**宝丽娜** 这可难了! 一个正直的好人,连好意的访问者

41

都不能相见！请问见见她的侍女可不可以
呢？随便哪一个？爱米利娅？

狱吏　夫人，请您遣开您这些从人，我就可以带爱米利
　　　娅出来。

宝丽娜　请你就去叫她来吧。你们都走开。

│侍从等下

狱吏　而且，夫人，我必须在场听你们的谈话。

宝丽娜　好，就这么吧，谢谢你。

│狱吏下

明明是清白的，偏要说一团漆黑，还这么大惊
小怪！

│狱吏偕爱米利娅重上

宝丽娜　好姑娘，我们那位贤德的娘娘好吗？

爱米利娅　她总算尽了一个那样高贵而无助的人儿所能尽
　　　的力量支持过来了。她所遭受的惊恐和悲哀，
　　　是无论哪位娇弱的贵夫人都受不了的；在这
　　　种惊忧交迫之下，她已经不足月而早产了。

宝丽娜　一个男孩吗？

爱米利娅　一个女孩子，很好看的小孩，很健壮，大概可以
　　　活下去。她给娘娘不少的安慰。她说："我
　　　的可怜的小囚徒，我是跟你一样无辜的！"

42

宝丽娜　那是一定的。王上那种危险的胡作胡为真是该死！必须要叫他明白才是，他一定要明白他犯的错误；这种工作还是一个女人来担任好一些，我去对他说明。要是我果然能够说得婉转动听，那么让我的舌头说得起泡，再不用来宣泄我的愤火了。爱米利娅，请你给我向娘娘多多致意；要是她敢把她的小孩信托给我，我愿把她拿去给王上看，替她竭力说情。我们不知道他见了这孩子会多么心软起来；无言纯洁的天真，往往比说话更能打动人心。

爱米利娅　好夫人，照您那样正直和仁心，您这种见义勇为的行动是不会得不到美满的结果的；除了您之外，再没有第二个人可以担任这件重大的差使了。请您到隔壁坐一会儿，我就去把您的尊意禀知娘娘；她今天正也想到这个计策，可是唯恐遭到拒绝，不敢向一个可以信托的人出口。

宝丽娜　对她说，爱米利娅，我愿意竭力运用我的口才；要是我有一片生花的妙舌，如同我有一颗毅勇的赤心一样，那么我一定会成功的。

爱米利娅　上帝保佑您！我就对娘娘说去。请您过来。

狱吏　　夫人，要是娘娘愿意把孩子交给您，我让您把她抱了出去，上头没有命令可不大方便。

宝丽娜　你不用担心，长官。这孩子是娘胎里的囚人，一出了娘胎，按照法律和天理，便是一个自由的解放了的人；王上的愤怒和她无关，娘娘要是果真有罪，那错处也牵连不到小孩的身上。

狱吏　　我相信您的话。

宝丽娜　不用担心；要是有什么危险，我可以为你负责。

｜同下

---

# 第 三 场

---

同前。宫中一室

里昂提斯、安提哥纳斯、众臣及

其他侍从等上

里昂提斯　黑夜白天都得不到安息；照这样把这种情形忍
　　　　　受下去，不过是懦弱而已，全然的懦弱。要是
　　　　　把扰乱我安宁的原因除去——或者说，一部
　　　　　分原因，也就是那淫妇；因为我的手臂伸不
　　　　　到那个淫君的身上，我对他无计可施；可是
　　　　　她却在我手掌之中；要是她死了，用火把她
　　　　　烧了，那么我也许可以恢复我一部分的安静。
　　　　　来人！

侍从甲　[趋前]陛下？

里昂提斯　孩子怎样?

侍从甲　他昨夜睡得很好;希望他的病就可以好转。

里昂提斯　瞧他那高贵的天性!知道了他母亲的败德,便
　　　　　立刻心绪消沉,受到了无限的感触,把那种羞
　　　　　辱牢牢地加在自己身上。颓唐了他的精神,
　　　　　消失了他的胃口,扰乱了他的睡眠,很快地憔
　　　　　悴下来了。让我一个人在这儿。去瞧瞧他看。

　　　　　　　　　　　　　　　　　　　┃ 侍从甲下

　　　　　嘿,嘿!别想他了。这样子考虑复仇只能对我
　　　　　自己不利。那人太有势力,帮手又多,我暂时
　　　　　把他放过;先把她处罚了再说。卡密罗和波
　　　　　力克希尼斯瞧着我的伤心而得意;要是我的
　　　　　力量能够达到他们,他们可不能再笑了;可
　　　　　是她却在我的权力之中,看她能不能笑我。

┃ 宝丽娜抱小儿上

　　臣甲　你不能进去。

　宝丽娜　不,列位大人,帮帮我忙吧。唉,难道你们担心
　　　　　他的无道的暴怒,更甚于王后的性命吗? 她
　　　　　是一个贤德的纯洁的人儿,比起他的嫉妒来,
　　　　　她要无辜得多了。

安提哥纳斯　够了。

46

侍从乙　夫人,他昨夜不曾安睡,吩咐谁都不能见他。

宝丽娜　您别这么凶呀;我正是来使他安睡的。都是你们这种人,像影子一样在他旁边轻手轻脚地走来走去,偶然听见他的一声叹息就大惊小怪地发起急来;都是你们这种人累得他不能安睡。我一片诚心带来几句忠言给他,它们都是医治他失眠的灵药。

里昂提斯　喂,谁在吵闹?

宝丽娜　不是吵闹,陛下;是来跟您商量请谁行洗礼。

里昂提斯　怎么! 把那个无礼的妇人攛走! 安提哥纳斯,我不是命令过你不准她走近我身边吗? 我知道她要来的。

安提哥纳斯　我对她说过了,陛下;我告诉她不准前来看您,免得招惹您也招惹我不高兴。

里昂提斯　什么! 你管不了她吗?

宝丽娜　我要是做错了事,他可以管得了我;可是这一番除非他也学您的样子,因为我做了正事反而把我关起来;不然,相信我吧,他是管不了我的。

安提哥纳斯　您瞧! 您听见了她说的话。她要是自己做起主来,我只好由她;可是她是不会犯错误的。

47

宝丽娜　陛下，我的确来了；请您听我说，我自认我是您
　　　　的忠心的仆人，您的医生和您最恭顺的臣子；
　　　　可是您要是做了错事，我却不敢像那些貌作
　　　　恭顺的人一样随声附和。我说，我是从您的
　　　　好王后那儿来的。

里昂提斯　好王后！

宝丽娜　好王后，陛下，好王后；我说是好王后，假如我
　　　　是男人，那么即使我毫无武艺，也愿意跟人决
　　　　斗证明她是个好王后。

里昂提斯　把她赶出去！

宝丽娜　谁要是向我动一动手，那就叫他留心着自己的
　　　　眼珠吧。我要走的时候自己会走，可是必须
　　　　先把我的事情办好。您的好王后，她真是一
　　　　位好王后，已经给您添下一位公主了；这便
　　　　是，希望您给她祝福。[将小儿放下]

里昂提斯　出去！大胆的妖妇！把她撵出去！不要脸的
　　　　老鸨！

宝丽娜　我不是；我不懂你加给我这种称呼的意思。你
　　　　自己才是昏了头了；我是个正直的女人，正
　　　　像你是个疯子一样；我敢说和你的疯狂同等
　　　　程度的正直，在这个世界上应该算过得去的。

48

里昂提斯 你们这些奸贼！你们不肯把她推出去吗？把那野种给她抱出去。[向安提哥纳斯]你这不中用的汉子！你是个怕老婆的，那个母夜叉把你吓倒了吗？把那野种捡起来；对你说，把她捡起来；还给你那头老母羊去。

宝丽娜 要是你服从了他的暴力的乱命，把这孩子拿起来，你的手便永远是不洁的了！

里昂提斯 他怕他的妻子！

宝丽娜 我希望你也怕你的妻子，那么你一定会把你的孩子认为是亲生的了。

里昂提斯 都是一群奸党！

安提哥纳斯 天日在上，我不是奸党。

宝丽娜 我也不是；谁都不是；只有这里的一个人才是，那就是他自己。因为他用比刀剑还厉害的谰言来中伤他自己的、他的王后的、他的有前途的儿子的和他的婴孩的神圣的荣名；可恨的是没有人能够强迫他除去他那种龌龊不堪的猜疑。

里昂提斯 这个长舌的泼妇，刚打过她丈夫，现在却来向我寻事了！这小畜生不是我的；她是波力克希尼斯的孩子；把她拿出去跟那母狗一起烧死

49

了吧!

宝丽娜 她是你的;正像古话所说:"她这么像你,才真
倒霉!"瞧,列位大人,虽然是副缩小的版子,
那父亲的全副相貌,都抄下来了;那眼睛、鼻
子、嘴唇、皱眉头的神气、那额角,以至于颊上
的可爱的酒窝儿,那笑容、手哪、指甲哪、手指
哪,都是一副模型里造出来的。慈悲的天神
哪! 你把她造得这么像她的生身父亲,如果
你使她的性情也像她的父亲,但愿你不要让
她也有一颗嫉妒的心;否则也许她也要像他
一样疑心她的孩子不是她丈夫的儿子呢。

里昂提斯 好一个蠢俗的妖婆! 你这不中用的汉子,你不
能叫她闭嘴,你也是该死的。

安提哥纳斯 要是把在这件工作上无能为力的丈夫们都吊死
了,那么您恐怕连一个臣子也没有了。

里昂提斯 我再吩咐一次,把她撵出去!

宝丽娜 最无道的忍心害理的昏君也不能做出比你更恶
的事来。

里昂提斯 我要把你烧死。

宝丽娜 我不怕;生起火来的人才是个异教徒,而不是
被烧死的人。我不愿把你叫作暴君;可是你

对于你的王后这种残酷的凌辱，只凭着自己的一点毫无根据的想象就随便加以诬蔑，不能不说有一点暴君的味道；它会叫你丢脸，给全世界所耻笑的。

里昂提斯　你们要是还有一点忠心的话，快给我把她带出去吧！假如我是个暴君，她还活得了吗？她要是真知道我是个暴君，决不敢这样叫我的。把她带出去！

宝丽娜　请你们不用推我，我自己会走的。陛下，好好照顾您的孩子吧；她是您的。愿上帝给她一个更好的守护神！你们用手揪住我做什么？你们眼看他做着傻事而不敢有什么举动，全都是些没有用处的饭桶！好，好；再见！我们走了。

　　　　　　　　　　　　　　　　　　　| 下

里昂提斯　你这奸贼，都是你撺掇你的妻子做出这种把戏来的。我的孩子！把她拿出去！我就吩咐你，你这软心肠的人，去把她立刻烧死了；我不要别人，只要你去。快把她抱起来；在这点钟之内就来回报，而且一定要拿出证据来，否则你的命和你的财产都要保不住。要是你违抗我的命令，胆敢触怒我的话，那么你说吧；

我要用我自己的手亲自摔出这个野种的脑浆
来。去，把她丢到火里，因为你的妻子是受了
你的怂恿才来的。

安提哥纳斯　不是受了我的怂恿，陛下；这儿的各位大人都
可以给我辩白，要是他们愿意。

臣甲　我们可以给他证明，陛下，他的妻子来此和他并
不相干。

里昂提斯　你们都是说谎的骗子。

臣甲　请陛下相信我们。我们一直都是忠心耿耿地侍
候着您的，请您不要以为我们会对您不忠。
我们跪下来向您请求，看在我们过去和将来
的忠诚的分上，收回这个旨意，它是这样残酷
而可怕，将会有不幸的结果发生。我们都在
这儿下跪了。

里昂提斯　我是一片羽毛，什么风都可以把我吹动。难道
我要活着看见这个野种跪在我膝前，叫我父
亲吗？与其将来恨她，还是现在就烧死了的
好。可是好吧，就饶了她的命吧；她总不会
活下去的。[向安提哥纳斯] 你过来。你曾经
那么好心地跟你那位虔婆出力保全这野种的
生命——她是个野种，正像你的胡须是灰色

52

的一样毫无疑问——现在你打算怎样搭救这小东西呢？

安提哥纳斯　陛下，只要是我的力量所能胜任的合乎正义的事，便愿意去做。我愿意用我仅余的一滴血救助无罪的人，只要不是不可能的事。

里昂提斯　我要叫你做的事并不是不可能的。凭着这柄宝剑，你发誓你愿意执行我的命令。

安提哥纳斯　我愿意，陛下。

里昂提斯　那么你小心执行着吧；要是有一点点儿违反我的话，不但你不能活命，就是你那出言无礼的妻子也难逃一死，现在我姑且宽恕了她。你既然是我的臣仆，我命令你把这野女孩子抱出去，到我们国境之外远远的荒野上丢下，不要怜悯她，让她风吹日晒，自求生路，死也好活也好。她既然来得突然，我们也就叫她去得突然，你赶快把她送到一块陌生的地方去，悉听命运把她怎样支配；倘不依话办去，你的灵魂就要因破誓而受罪，你的身体也要因违命而被罚。把她抱起来！

安提哥纳斯　我已经发过誓，只好去做，虽然我宁愿立刻受死刑的处分。来，可怜的孩子；但愿法力高强的精灵驱使鸢隼乌鸦来乳哺着你！据说豺狼和熊都曾经脱去了它们的野性，做过这一类慈悲的好事。陛下，您虽然做了这等事，仍旧愿您幸福吧！可怜的东西，命定要给丢弃的，愿上天祝福你，帮助你抵御这种残酷的命运！

抱儿下

**里昂提斯**　不，我可不能把别人的孩子养大起来。

一仆人上

**仆人**　启禀陛下，奉旨前去叩求神谕的使者已经在一小时前到了；克里奥米尼斯和狄温已经去过德尔斐，赶程回国，现在都已登陆了。

**臣甲**　陛下，他们这一趟走得出乎意外地快。

**里昂提斯**　他们去了二十三天；的确很快；可见得伟大的阿波罗要这事的真相早早明白。各位贤卿，请你们预备起来，召集一次廷议，好让我正式对我这个不贞的女人提出控诉；她既然已经公开被控，就该给她一个公正的公开的审判。她活着一天，我总不能安心。去吧，把我的命令考虑一下执行起来。

众下

# Act_3

# 第 一 场

西西里海口

| 克里奥米尼斯及狄温上

**克里奥米尼斯**　　气候宜人，空气爽朗极了，岛上的土壤那样膏
　　　　　　　　　　腴，庙堂的庄严远超过一切的赞美。

　　　　**狄温**　　给我印象最深的是那种神圣的法服和穿着法服
　　　　　　　　　的庄严的教士那种虔敬的神情。啊，那种祭
　　　　　　　　　礼！在献祭的时候，那礼节是多么隆重、严肃
　　　　　　　　　而神圣！

**克里奥米尼斯**　　可是最奇怪的是那神谕的宣示和那种震耳欲聋
　　　　　　　　　　的声音，正像天神的霹雳一样，把我吓呆了。

　　　　**狄温**　　我们这次的旅程是那么难得，那么可喜，又
　　　　　　　　　那么快捷；要是它的结果能够证明王后的

57

无罪——但愿如此!——那么总算不虚此行了。

克里奥米尼斯　伟大的阿波罗把一切事情都转到最好的方面!这些无故诬蔑赫米温妮的诏令真叫我难过。

狄温　这回残酷的审判会分别出一个明白来的。等阿波罗的神圣的祭司所密封着的神谕宣示出来之后,一定会有出人意表的事向众人宣布。去,换马! 希望诸事大吉!

　　　　　　　　　　　　　　　　| 同下

# 第　二　场

西西里。法庭

| 里昂提斯、众臣及庭吏等上

**里昂提斯**　这次开庭是十分不幸而使我痛心的；我们所要
　　　　　审判的一造是王家之女，我的素来受到深恩
　　　　　殊宠的御妻。我们这次要尽力避免暴虐，因
　　　　　为我们已经按照法律的程序公开进行，有罪
　　　　　无罪，总可以见个分晓。带犯人上来。

**庭吏**　有旨请王后出庭。肃静！

| 卫士押赫米温妮上、宝丽娜及宫
女等随上

**里昂提斯**　宣读起诉书。

**庭吏**　[读]"西西里贤王里昂提斯之后赫米温妮其敬

59

听！尔与波希米亚王波力克希尼斯通奸，复与卡密罗同谋弑主；迨该项阴谋事泄，复背忠君之义，暗助奸慝，黧夜逃生：揆诸国法，良不可恕。我等今控尔以大逆不道之罪。"

**赫米温妮** 我所要说的话，不用说要跟控诉我的话相反，而能够给我证明的，又只有我自己，因此即使辩白无罪，也没有多大用处；我的真诚已经被当作虚伪，那么即使说真话也不能使你们相信。可是假如天上的神明临视着人们的行事，我相信无罪的纯洁一定可以使伪妄的诬蔑惭愧，暴虐将会对含忍战栗。陛下，我过去的生活是怎样贞洁而忠诚，您是十分明白的，虽然您不愿意去想它；我现在的不幸是史无前例的。我以一个后妃的身份，叨陪着至尊的宝座，一个伟大的国王的女儿，又是一个富有前途的王子的母亲，现在却成为阶下之囚，絮絮地讲着生命和名誉，来请求你们垂听。当我估量到生命中所有的忧愁的时候，我就觉得生命是不值得留恋的；可是名誉是我所要传给我的后人的，它是我唯一关心的事物。陛下，我请你自问良心，当波力克希尼斯没有来此之前，你曾经怎样眷宠着我，那种眷宠是不是得当；他来了之后，我曾经跟他有过什么礼法所不许的约会，以至于失去了你的欢心，而到了今天这等地步。无论在我的行动上或是意志上，要是有一点儿越礼的地方，那么你们听见我说话的各位，尽可以不必对我加以宽恕，我的最亲近的人也可以在我的坟墓上羞骂我。

里昂提斯　我一向就听说：人假使做了无耻的事，总免不了还要用加倍的无耻来抵赖。

赫米温妮　陛下，您的话说得不错；可是那不能应用在我的身上。

里昂提斯　那是由于你不肯承认。

赫米温妮　我所没有份儿的事，别人用诬蔑的手段加之于我的，我当然不能承认。你说我跟波力克希尼斯有不端的情事，我承认我是按照他应得的礼遇，用合于我的身份的那种情谊来敬爱他；那种敬爱正是你所命令于我的。要是我不对他表示殷勤，我以为那不但是违反了你的旨意，同时对于你那位在孩提时便那样要好的朋友也未免有失敬意。至于阴谋犯上的事，即使人家预先布置好了叫我尝试一下，我也不会知道那是什么味道。我唯一知道的，卡密罗是一个正直的好人；为什么他要离开你的宫廷，那是即使天神也像我一样全然不知道的。

里昂提斯　你知道他的出走，也知道你在他们去后要干些什么事。

赫米温妮　陛下，您说的话我不懂；我现在只能献出我的生命，给您异想天开的噩梦充当牺牲。

里昂提斯　我的梦完全是你的所作所为！你跟波力克希尼斯生了一个野种，那也是我的梦吗？你跟你那一党都是些无耻的东西，完全靠不住，愈是抵赖愈显得情真罪确。你那个小东西没有父亲来认领，已经把她丢掉了，她本没有什么罪，罪恶是在你的身上，现在你该受到正义的制裁，最慈悲的判决也不能低于死罪。

赫米温妮　陛下，请不用吓我吧；你所用来使我害怕的鬼物，正是我求之不得的。对于我，生命并不是什么可贵的东西。我的生命中的幸福的极致，你的眷宠，已经无可挽回了；因为我觉得它离我而去，但是不知道它是怎样去的。我的第二个心爱的人，又是我第一次结下的果子，已经被隔离了，不准和我见面，似乎我是一个身染恶疾的人一样。我的第三个安慰出世便逢厄运，无辜的乳汁还含在她那无辜的嘴里，便被人从我的胸前夺了去活活害死。我自己呢，被公开宣布是一个娼妇；无论哪种身份的妇女都享受得到的产褥上的特权，也因为暴力的憎恨而拒绝了我；这还不够，现在我身上没有一点力气，还要把我驱到这里来，受风日的侵凌。请问陛下，我活着有什么幸福，为什么我要怕死呢？请你就动手吧。可是听着：不要误会我，我不要生命，它在我的眼中不值一根稻草；但我要把我的名誉洗刷。假如你根据了无稽的猜测把我定罪，一切证据都可以不问，只凭着你的妒心做主，那么我告诉你这不是法律，这是暴虐。列位大人，我把自己信托给阿波罗的神谕，愿他做我的法官！

臣甲　你这请求是全然合理的。凭着阿波罗的名义，去把他的神谕取来。

赫米温妮　　俄罗斯的皇帝是我的父亲；唉！要是他活着在
　　　　　　这儿看见他的女儿受审判；要是他看见我这
　　　　　　样极度地不幸，但不是用复仇的眼光，而是用
　　　　　　怜悯的心情！

庭吏偕克里奥米尼斯及狄温重上

　　庭吏　　克里奥米尼斯和狄温，你们愿意按着这柄公道
　　　　　　之剑宣誓说你们确曾到了德尔斐，从阿波罗
　　　　　　大神的祭司手中带来了这通密封的神谕；你
　　　　　　们也不曾敢去拆开神圣的铃记，私自读过其
　　　　　　中的秘密吗？

克里奥米尼斯
　　　狄温　　这一切我们都可以宣誓。

里昂提斯　　开封宣读。

　　庭吏　　［读］"赫米温妮洁白无辜；波力克希尼斯德行
　　　　　　无缺；卡密罗忠诚不贰；里昂提斯者多疑之
　　　　　　暴君；无罪之婴孩乃其亲生；倘已失者不能
　　　　　　重得，王将绝嗣。"

　　众臣　　赞美阿波罗大神！

赫米温妮　　感谢神明！

里昂提斯　　你没有念错吗？

　　庭吏　　没有念错，陛下；正是照着上面写着的念的。

64

**里昂提斯**　这神谕全然不足凭信。审判继续进行。这是假造的。

▌一仆人上

**仆人**　吾王陛下,陛下!

**里昂提斯**　什么事?

**仆人**　啊,陛下! 我真不愿意向您报告,小殿下因为担心着娘娘的命运,已经去了!

**里昂提斯**　怎么! 去了!

**仆人**　死了。

**里昂提斯**　阿波罗发怒了;诸天的群神都在谴责我的暴虐。

　　　　　　[赫米温妮晕去]怎么啦?

**宝丽娜**　娘娘受不了这消息;瞧她已经死过去了。

**里昂提斯**　把她扶出去。她不过因为心中受了太多的刺激;就会醒过来的。我太轻信我自己的猜疑了。请你们好生在意把她救活过来。

　　　　　　▌宝丽娜及宫女等扶赫米温妮下

阿波罗,恕我大大地亵渎了你的神谕! 我愿意跟波力克希尼斯复和,向我的王后求恕,召回善良的卡密罗,他是一个忠诚而慈善的好人。我因为嫉妒而失了常态,一心想着流血和复仇,才选中了卡密罗,命他去毒死我的朋友波

65

力克希尼斯；虽然我用死罪来威吓他，用重赏来鼓励他，可是卡密罗的好心肠终于耽误了我的急如烈火的命令，否则这件事早已做出来了。他是那么仁慈而心地高尚，便向我的贵宾告知了我的毒计，牺牲了他在这里的不小的家私，甘冒着一切的危险，把名誉当作唯一的财产。他因为我的锈腐而发出了多少的光明！他的仁慈格外显得我的行为是多么卑鄙。

宝丽娜重上

宝丽娜　不好了！唉，快把我的衣带解开，否则我的心要连着它一起爆碎了！

臣甲　这是怎么一回事，好夫人？

宝丽娜　昏君，你有什么酷刑给我预备着？碾人的车轮？脱肢的拷架？火烧？剥皮？炮烙还是油煎？我的每一句话都是触犯着你的，你有什么旧式的、新式的刑具可以叫我尝试？你的暴虐无道，再加上你的嫉妒，比孩子们还幼稚的想象，九岁的女孩也不会转这种孩子气的无聊的念头；唉！要是你想一想你已经做了些什么事，你一定要发疯了，全然发疯了；因为你以前的一切愚蠢，不过是小试其端而已。你谋害波力克希尼斯，那不算什么；那不过表明你是个心性反复、忘情背义的傻子。你叫卡密罗弑害一个君王，使他永远蒙着一个污名，那也不算什么；还有比这些更重大的罪恶哩。你把你的女儿抛给牛羊践踏，不是死就是活着做一个卑微的人，纵然是魔鬼，在干这种事之前，他的发火的眼睛里也会迸出眼泪来的。我也不把小王子的死直接归罪于你；他虽然那么年轻，他的心地却是过人地高贵，看见他那粗暴痴愚的父亲把他贤德的母亲那样侮辱，他的心便碎了。不，这也不是我所要责怪你的；可是最后一件事——各位大人哪！等我说了出来，大家恸哭起来吧！——王后，王后，最温柔的、最可爱的人儿已经死了，可是还没有报应降到害死她的人的身上！

臣甲　　有这等事！

宝丽娜　　我说她已经死了；我可以发誓；要是我的话和我的誓都不能使你们相信，那么你们自己去看吧。要是你们能够叫她的嘴唇泛出血色来，叫她的眼睛露出光芒来，叫她的身上发出温热，叫她的喉头透出呼吸，那么我愿意把你们当作天神一样叩头膜拜。可是你这暴君啊！这些事情你也不用后悔了，因为它们沉重得不是你一切的悲哀所能更改的；绝望是你唯一的结局。叫一千个膝盖在荒山上整整跪一万个年头，裸着身体，断绝饮食，永远熬受冬天的暴风雪的吹打，也不能感动天上的神明把你宽恕。

里昂提斯　说下去吧，说下去吧。你怎么说都不会太过分的；我该受一切人的最恶毒的责骂。

臣甲　别说下去了；无论如何，您这样出言无忌总是不对的。

宝丽娜　我很抱歉；我一明白我所犯的过失，便会后悔。唉！我凭着我的女人家的脾气，太过于放言无忌了；他的高贵的心里已经深受刺伤。已经过去而无能为力的事，悲伤也是没有用的。不要因为我的话而难过；请您还是处我以应得之罪吧，因为我不该把您应该忘记的事向您提醒。我的好王爷，陛下，原谅一个傻女人吧！因为我对于娘娘的敬爱。——瞧，又要说傻话了！我不再提起她，也不再提起您的孩子们了；我也不愿向您提起拙夫，他也已经失了踪；请您安心忍耐，我不再多话了。

里昂提斯　你说的话都很对；我能够听取这一切真话，你可以不必怜悯我。请你同我去看一看我的王后和儿子的尸体；两人应当合葬在一个坟里，墓碑上要刻着他们死去的原因，永远留着我的湔不去的耻辱。我要每天一次访谒他们埋骨的教堂，用眼泪挥洒在那边，这样消度我的时间；我要发誓每天如此，直到死去。带我去向他们挥泪吧。

｜同下

# 第　三　场

波希米亚。沿岸荒乡

安提哥纳斯抱小儿及一水手上

**安提哥纳斯**　　那么你真的相信我们的船靠岸的地方就是波希
米亚的荒野吗?

**水手**　　是的,老爷;我在担心着我们上岸上得不凑巧,
天色很昏暗,怕就要刮大风了。照我看来,天
似乎在发怒,对我们当前做的这桩事有点儿
不高兴。

**安提哥纳斯**　　愿上天的旨意完成! 你上船去,照顾好你的船;
我等会儿就来。

**水手**　　请您赶紧点儿,别走得太远了;天气多半要变,
而且这儿是有名的出野兽的地方。

**安提哥纳斯**　你去吧；我马上就来。

**水手**　我巴不得早早脱身。

下

**安提哥纳斯**　来，可怜的孩子。我听人家说死人的灵魂会出现，可是却不敢相信；要是真有那回事，那么昨晚一定是你的母亲向我出现了，梦境从来没有那样清楚的。我看见一个人向我走来，她的头有时侧在这一边，有时侧在那一边；我从来不曾见过一个满面愁容的人有这样庄严的妙相。她穿着一身洁白的袍服，像个神圣似的走到了我的船舱中，向我鞠躬三次，非常吃力地想说几句话；她的眼睛像一对喷泉。她痛哭一阵之后，便说了这几句话："善良的安提哥纳斯，命运和你的良心作对，使你成为抛弃我可怜的孩子的人；按照你所发的誓，你要把她丢在一个辽远的地方，波希米亚正是那地方，到那边去，让她自个儿哭泣吧。因为那孩子已经被认为永远遗失了，我请你给她取名为潘狄塔。你奉了我丈夫的命令做了这件残酷的事，你将永远再见不到你的妻子宝丽娜了。"这样说了之后，便尖叫几声，消

72

失不见了。我吓得不得了，立刻定了定心，觉得这是实在的事，不是睡着做梦。梦是不足凭信的；可是这一次我必须小心翼翼地依从着嘱咐。我相信赫米温妮已经给处死了，这确实是波力克希尼斯的孩子，因此阿波罗要我把她放在这里，无论死活，总是回到了她的亲生父亲的国土上。小宝贝，愿你平安！〔将小儿放下〕躺着吧；这儿放着你的一张字条；这些东西〔放下一个包裹〕，要是你运气好的话，小宝贝，可以供给你安身立命。风雨起来了。可怜的东西！为了你母亲的错处，被弃在荒郊，不知道要落得怎样一场结果！我不能哭泣，可是我的心头的热血在流；为了立过的誓，不得不干这种事，我真是倒霉！别了！天色越变越坏，你多半要听到一阕太粗暴的催眠歌。我从不曾见过白昼的天色会这么阴暗。哪里来的怕人的喧声！但愿我平安上了船！一头野兽给人赶到这儿来了；我这回准活不成！

| 被大熊追下

73

牧人　我希望十六岁和二十三岁之间并没有别的年龄，否则这整段时间里就让青春在睡梦中度了过去吧；因为在这中间所发生的事，不过是叫姑娘们养起孩子来，对长辈任意侮辱，偷东西，打架。你听！除了十六岁和二十三岁之间的那种火辣辣的年轻人，谁还会在这种天气出来打猎？他们已经吓走了我的两头顶好的羊；我担心在它们的东家找到它们之前，狼已经先把它们找到了。它们多半是在海边啃着常春藤。好运气保佑着我吧！咦，这儿是什么？〔抱起小儿〕哎呀，一个孩子，一个怪体面的孩子！不知道是个男的还是个女的？好一个孩子；真是一个可爱的孩子。一定是什么私情事儿；虽然我读过的书不多，可是我也还读过那些大户人家的侍女怎样跟人结识私情的笑话儿：梯子放好，箱笼收拾好，两口子打后门一溜；爷娘睡在暖暖的被窝里好快活，可怜的孩子却丢在这儿受冻。我要行个好事把它抱起来；可是我还是等我的儿子来了再说吧。他已经在叫我了。喂！喂！

小丑上

小丑　喂!

牧人　咦,你就在这儿吗? 要是你想见一件到你身死骨头烂的时候还要向人讲起的东西,那么你过来吧。哦,孩子,你为什么难过?

小丑　我在海上和岸上见到了两件惨事! 可是我不能说海上,因为现在究竟哪块是天,哪块是海,已经全然分别不出来了。

牧人　什么,孩子,什么事?

小丑　我希望你也看见那风浪怎样生气,怎样发怒,怎样冲上了海岸! 可是那是些不相干的闲话。唉! 那些苦人儿的凄惨的呼声! 有时候望得见他们,有时候望不见他们;一会儿船上的大桅顶着月亮,顷刻间就在泡沫里卷沉下去了,正像你把一块软木塞丢在一个大桶里一样。然后又有岸上发生的那回事情。瞧那头熊怎样撕下了他的肩胛骨,他怎样向我喊救命,说他的名字叫安提哥纳斯,是一个贵人。可是我们先把那只船的事情讲完了;瞧海水怎样把它一口吞下;可是我们先说那些苦人儿怎样喊着喊着,海水又怎样把他们取笑;

75

那位可怜的老爷怎样喊着喊着，那头熊又怎样把他取笑；他们喊叫的声音，都比海涛和风声更响。

牧人 哎呀！这是什么时候发生的，孩子？

小丑 现在，现在；我看见这种情形之后还不曾眨一眨眼呢。水底下的人还没有完全冷掉；那头熊还不曾吃掉那位老爷的一半，它现在还在吃呢。

牧人 要是给我看见了的话，我一定会搭救那个人的。

小丑 我倒希望你在船边，搭救那船；你的好心一定站立不稳。

牧人 真惨！真惨！你瞧这儿，孩子。给你自己祝福吧！你看见人死，我却看见刚生下来的东西。这看着才够味儿呢！你瞧，褓衣里裹着一位大户人家的孩子！瞧这儿；拿起来，拿起来，孩子；解开来。让我们看。人家对我说神仙会保佑我发财；这一定是神仙丢下来的孩儿。解开来，里面有些什么，孩子？

小丑 你已经是一个发财的老头子了；要是老天爷不计较你年轻时的罪恶，你可以享福了！金子！完全是金子！

牧人　这是仙人的金子，孩子，没有问题的；拿着藏好了。拣近路回家去，回家去！我们很运气，孩子；倘使要保持这运气，我们必须严守秘密。我的羊就让它去吧。来，好孩子，拣近路回家去。

小丑　你拿着你发现的东西拣近路回去吧。我先去瞧瞧那熊有没有离开那位老爷，它究竟吃得怎样了；这种畜生只在肚子饿的时候才会发坏脾气。假如他还有一点骨肉剩下，我便把他埋了。

牧人　那是件好事。要是你能够从他留下来的什么东西上看出来他是个什么样的人，就来叫我，让我看看。

小丑　好的；你可以帮我把他下土。

牧人　今天是运气的日子，孩子；我们要做些好事才是。

│ 同下

# Act_4

第
四
幕

## 引　子

｜致辞者扮时间上

**时间**　我令少数人欢欣，我给一切人磨难，

　　　　善善恶恶把喜乐和惊忧一一宣展；

　　　　让我如今用时间的名义驾起双翩，

　　　　把一段悠长的岁月跳过请莫指斥：

　　　　十六个春秋早已默无声息地过度，

　　　　这期间白发红颜人事有几多变故；

　　　　我既有能力推翻一切世间的习俗，

　　　　又何必俯就古往今来规则的束缚？

　　　　这一段不小的空白就此搁在一旁，

　　　　各人的遭遇早已在前文交代端详；

　　　　如今我再要提说全然新鲜的情由，

　　　　让陈旧的故事闪烁着灿烂的光流：

就像你们突然从睡梦中惊醒转来，
容我向你们把一个新的场面铺开。
里昂提斯悔恨他痴愚的无根嫉妒，
此后便关起门来独自儿闲居思过；
善良的观众，再想象我在波希米亚，
记住国王他有一个儿子在他膝下，
弗罗利泽是这位青年王子的表名；
现在再说潘狄塔，出落得丰秀超群：
她后来的遭际我不必在这儿预报，
时间的消息到时候自会一一揭晓；
现在她认一个牧羊人做她的父亲，
她此后的命运不久时间便会显明。
诸君倘嫌这本戏无聊请不要心焦，
希望你们以后再不受同样的无聊！

（下

# 第　一　场

波希米亚。波力克希尼斯宫中一室

| 波力克希尼斯及卡密罗上

**波力克希尼斯**　好卡密罗,不要再向我苛求了。拒绝你无论什
么事都使我难过；可是我倘使答应了你这要
求,那我简直活不下去了。

**卡密罗**　我离开我的故国已经十五年了；虽然我已经过
惯了异乡的生活,可是我希望能归骨故丘。
此外,我的故主国王陛下也已经忏罪,并且派
人召我回去了；虽然我不该妄自夸耀,但是
看到我可能会稍微减轻他心头的痛苦,这就
为我的离去增加了一番动力。

**波力克希尼斯**　你是爱我的,卡密罗,不要现在离开我而把你

过去的辛劳都一笔勾销了。你自身的好处使我缺少不了你；与其中途你抛弃了我，倒不如我从来不曾认识你的好。你已经给我筹划了好些除了你之外别人再也不能愉快胜任的工作；要是你不能留在这儿亲自处理，就不得不把你亲手创下的事业搁置起来。这些事情要是我还不曾仔细考虑过——无论如何总不会嫌过于仔细的——那么我今后一定要专心一志地研究如何对你表示感激；这样我会得益更多，我们的友谊也会愈益增加。至于那个倒霉的国家西西里，请你不要再提起它了；你一说起那个名字，便会使我忆起你所说的那位忏罪而已经捐弃了宿怨的王兄而心中难过；他那个珍贵无比的王后和孩子们的惨死，就是现在想起来也会令人重新恸哭。告诉我，你什么时候看见过我的孩子弗罗利泽王子？国王们有了不肖的儿子，或是有了好儿子随后又失去，都一样地不幸。

卡密罗　陛下，我已经有三天没有看见王子了。他在做些什么消遣我不知道；可是我很遗憾地注意到他近来不大在宫廷里，也不像从前那样热心于他的那种合于王子身份的技艺。

**波力克希尼斯** 我也这样想,卡密罗,我很有点放不下心。据我的耳目报告,说他老是在一个极平常的牧人的家里;据说那牧人本来是个穷措大,谁也不知道怎么一下子发起横财来了。

**卡密罗** 陛下,我也听说有这样一个人;据说他有一个绝世的女儿,她的名声传播得那么广,谁也想不到她的来源只是这样一间草屋。

**波力克希尼斯** 我也得到这样的报告,可是我怕那便是引诱我儿子到那边去的原因。你陪我去看一下;我们化了装,向那牧人探问探问,他的简单的头脑是不难叫他说出我的儿子之所以到那儿去的缘故来的。请你就陪着我进行这一件事,把西西里的念头搁开了吧。

**卡密罗** 敬遵陛下的旨意。

**波力克希尼斯** 我的最好的卡密罗!我们该去假扮起来。

下

85

# 第　二　场

同前。牧人村舍附近的大路

奥托里古斯上

**奥托里古斯**　　[唱]

当水仙花初放它的娇黄，

嗨！山谷那面有一位多娇；

那是一年里最好的时光，

严冬的热血在涨着狂潮。


漂白的布单在墙头晒晾，

嗨！鸟儿们唱得多么动听！

引起我难熬的贼心痒痒，

有了一壶酒喝胜坐龙廷。

听那百灵鸟的清歌婉丽，

　　嗨！还有画眉喜鹊的叫噪，

　　一齐唱出了夏天的欢喜，

　　当我在稻草上左搂右抱。

我曾经侍候过弗罗利泽王子,穿过顶好的丝绒；
可是现在已经遭了革逐。

　　我要为这悲伤吗，好人儿？

　　惨白的月亮照耀着夜幕；

　　当我从这儿偷摸到那儿，

　　我并没有走错我的道路。


　　要是补锅子的能够过活，

　　背起他那张猪皮的革囊，

　　我当然也可以交代明白，

　　顶着枷招认这一套勾当。

被单是我的专门生意；在鹨子搭窠的时候，人
家少不了要短些零星布屑。我的父亲把我取
名为奥托里古斯；他也像我一样水星照命，
也是一个专门注意人家不留心的零碎东西的
小偷。呼幺喝六，眠花宿柳，到头来换得这一
身五花大氅，做小偷是我唯一的生计。大路

88

上呢，怕被官捉去拷打吊死不是玩的；后日茫茫，也只有以一睡了之。——一注好买卖上门了！

| 小丑上

小丑　让我看：每十一头阉羊出二十八磅羊毛；每二十八磅羊毛可卖一镑几先令；剪过的羊有一千五百只，一共有多少羊毛呢？

奥托里古斯　[旁白]要是网儿摆得稳,这只鸡一定会给我捉住。

小丑　没有筹码,我可算不出来。让我看,我要给我们庆祝剪羊毛的欢宴买些什么东西呢？三磅糖,五磅小葡萄干,米——我这位妹子要米做什么呢,可是爸爸已经叫她主持这次欢宴,这是她的主意。她已经给剪羊毛的和唱三部歌的人们扎好了二十四扎花束；他们都是很好的人,但多半是唱中音和低音的,可是其中有一个是清教徒,和着角笛他便唱圣诗。我要不要买些番红花粉来把梨饼着上颜色？豆蔻壳？枣子？——不要,那不曾开在我的账上。豆蔻仁,七枚；生姜,一两块,可是那我可以向人白要的；乌梅,四磅；再有同样多的葡萄干。

89

奥托里古斯　我好苦命呀！〔在地上匍匐〕

　　小丑　哎呀——

奥托里古斯　唉，救救我！救救我！替我脱下这身破衣服！然后让我死吧！

　　小丑　唉，苦人儿！你应当再多穿一些破衣服，怎么反而连这也要脱去了呢？

奥托里古斯　唉，先生！这身衣服比我身上受过的鞭打还叫我难过；我重重地挨了足有几百万下呢。

　　小丑　唉，苦人儿！挨了几百万下可不是玩的呢。

奥托里古斯　先生，我碰见了强盗，叫他们打坏了；我的钱、我的衣服，都给他们抢去了，却把这种可厌的东西给我披在身上。

　　小丑　什么，是一个骑马的，还是步行的？

奥托里古斯　是个步行的，好先生，步行的。

　　小丑　对了，照他留给你的这身衣服看来，他一定是个脚夫之类；假如这件是骑马人穿的衣服，那么它一定有不少的经历了。把你的手伸给我，让我搀着你。来，把你的手给我。〔扶奥托里古斯起〕

奥托里古斯　啊！好先生，轻一点儿。唷！

　　小丑　唉，苦人儿！

90

奥托里古斯　啊!好先生;轻点儿,好先生!先生,我怕我的肩胛骨都断了呢。

小丑　怎么!你站不住吗?

奥托里古斯　轻轻的,好先生;[窃取小丑钱袋]好先生,轻轻的。您做了一件好事啦。

小丑　你缺钱用吗?我可以给你几个钱。

奥托里古斯　不,好先生;不,谢谢您,先生。离这儿不到一英里路我有一个亲戚,我就到他那儿去;我可以向他借钱或是别的我所需要的东西。别给我钱,我请求您;那会使我不高兴。

小丑　抢了你的是怎样一个人呀?

奥托里古斯　据我所知道的,先生,他是一个到处跟人打弹子戏的家伙。我知道他从前曾经侍候过王子;后来我确实知道他是被鞭打赶出宫廷的,好先生,虽然我不晓得为了他的哪一点好处。

小丑　你应当说坏处;好人是不会被鞭打赶出宫廷的。他们奖励着人们的好处,好让它留在那边;可是好容易才能留住几分钟呢。

奥托里古斯　我应当说坏处,先生。我很熟悉这家伙。他后来曾经做过牵猢狲的;后来又当过官差;后来去做一个演浪子回头的木偶戏的人,在离我的田地一英里路之内的地方跟一个补锅子的老婆结了亲；各种下流的行业做了一桩换一桩，终于做了一个流氓。有人叫他奥托里古斯。

小丑　他妈的！他是个贼；在教堂落成礼的时候，在市集里，在耍熊的场上，常常有他的踪迹。

奥托里古斯　不错，先生；那正是他，先生；那就是给我披上这身衣服的流氓。

小丑　波希米亚没有比他再鼠胆的流氓；你只要摆出一些架势来，向他脸上啐过去，他就逃掉了。

奥托里古斯　不瞒您说，先生，我不会和人打架。在那方面我是全然没用的；我相信他也知道。

小丑　你现在怎样？

奥托里古斯　好先生，好得多啦；我可以站起来走了。我应该向您告别，慢慢地走到我的亲戚那儿去。

小丑　要不要我带着你走？

奥托里古斯　不，和气面孔的先生；不，好先生。

小丑　那么再会吧；我必须去买些香料来预备庆贺剪羊毛的喜宴。

奥托里古斯　愿您好运气，好先生！

|小丑下

92

你的钱袋可不够你买香料呢。等你们举行剪羊毛的喜宴，我也要来参加一下；假如我不能在这场把戏上再出把戏，叫那些剪羊毛的人自己变成羊，那么把我在花名簿上除名，算作一个规矩人吧。

　　上前走，上前走，脚踏着人行道，
　　高高兴兴地手扶着界木：
　　心里高兴走整天也不会累倒，
　　愁人走一英里也像下地狱。

下

# 第　三　场

同前。牧人村舍前的草地

弗罗利泽及潘狄塔上

**弗罗利泽**　你这种异常的装束使你的每一部分都有了生命；不像是一个牧女，而像是出现在四月之初的花神了。你们这场剪羊毛的喜宴正像群神集会，而你就是其中的仙后。

**潘狄塔**　殿下，要是我责备您不该打扮得这么古怪，那就是失礼了——唉！恕我，我已经说了出来。您把您尊贵的自身，全国瞻瞩的表记，用田舍郎的装束晦没起来；我这低贱的女子，却装扮作女神的样子。幸而我们这宴会在上每一道菜的时候都不缺少一些疯狂的胡闹，宾客

95

们已视为惯例，不以为意，否则我见您这样打扮，仿佛看见了镜中的自己，就难免脸红了。

弗罗利泽　我感谢我那好鹰飞过了你父亲的地面上！

潘狄塔　上帝保佑您这感谢不是全没有理由的吧！在我看来，我们阶级的不同只能引起畏惧；您的尊贵是不惯于畏惧的。就是在现在，我一想起您的父亲也许也像您一样偶然走过这里，就会吓得发抖。天啊！他要是看见他的高贵的大作装钉得这么恶劣，将会觉得怎样呢？他会说些什么话？我穿着这种借来的华饰，又怎样抵御得住他的庄严的神气呢？

弗罗利泽　除了行乐之外，再不要担心什么。天神也曾经为了爱情，降低了他们天神的身份，而化作禽兽的样子。朱庇特变成公牛作牛鸣；青色的海神涅普图恩变成牡羊学羊叫；穿着火袍的金色的阿波罗，也曾像我现在这样乔装作一个穷寒的田舍郎。他们化形所追求的对象并不比你更美，他们的目的也并不比我更纯洁，因为我是发乎情而止乎礼义的。

潘狄塔　唉！但是，殿下，您一定会遭到王上的反对，那时您的意志就不能不屈服了；结果不是您改变了您的主意，就是我必得放弃这种比翼双飞的生活。

**弗罗利泽** 最亲爱的潘狄塔，请你不要想着这种事情来扫宴乐的兴致。要是我不能成为你的，我的美人，那么我就不是我父亲的；因为假如我不是你的，那么我也不能是我自己的，什么都是无所归属的了。即使命运反对我，我的心也是坚决的。高兴些，好人，用你眼前所见的事物把这种思想驱去了吧。你的客人们来了；抬起你的脸来，就像我们两人约定举行婚礼的那一天一样。

**潘狄塔** 命运的女神啊，请你慈悲一些！

**弗罗利泽** 瞧，你的客人们来了；活活泼泼地去招待他们，让我们大家开怀欢畅吧。

牧人偕波力克希尼斯及卡密罗各

乔装上；小丑、毛大姐、陶姑儿及

余人等随上

**牧人** 哎哟，女儿！我那老婆在世的时候，在这样一天她又要料理伙食，又要招呼酒席，又要烹调菜蔬；一面当主妇，一面做用人；每一个来客都要她欢迎，都要她亲自侍候；又要唱歌，又

97

要跳舞；一会儿在桌子的上首，一会儿在中央；一会儿在这人的肩头斟酒，一会儿又在那人的肩旁，辛苦得满脸火一样红，自己坐下来歇息喝酒也必须举杯向每个人奉敬。你躲在一旁，好像你是被招待的贵客，而不是这场宴会的女主人。请你过来欢迎这两位不相识的朋友；因为这样我们才可以相熟起来，大家做好朋友。来，别害羞，做出你的女主人的样子来吧。说呀，欢迎我们来参加你的剪羊毛的庆宴，你的好羊群将会繁盛起来。

潘狄塔　[向波力克希尼斯]先生，欢迎！是家父的意思要我担任今天女主人的职务。[向卡密罗]欢迎，先生！把那些花给我，陶姑儿。可尊敬的先生们，这两束迷迭香和芸香是给你们的；它们的颜色和香气在冬天不会消散。愿上天赐福给你们两位，永不会被人忘记！我们欢迎你们来。

波力克希尼斯　美丽的牧女，你把冬天的花来配合我们的年龄，倒是很适当的。

潘狄塔　先生,绚烂的季节已经过去,在这夏日的余晖尚未消逝、令人战栗的冬天还没有到来之际,当令的最美的花卉，只有康乃馨和有人称为自然界的私生儿的斑石竹；我们这村野的园中不曾种植它们，我也不想去采一两枝来。

波力克希尼斯　好姑娘，为什么你瞧不起它们呢？

潘狄塔　因为我听人家说，在它们的斑斓的鲜艳中，人工曾经巧夺了天工。

波力克希尼斯　即使是这样的话，那种改进天工的工具，也正是天工所造成的；因此，你所说的加于天工之上的人工，也就是天工的产物。你瞧，好姑娘，我们常把一枝善种的嫩枝接在野树上，使低劣的植物和优良的交配而感孕。这是一种改良天然的艺术，或者可说是改变天然，但那种艺术的本身正是出于天然。

潘狄塔　您说得对。

波力克希尼斯　那么在你的园里多种些石竹花，不要叫它们私生子吧。

潘狄塔　我不愿用我的小锹在地上种下一枝；正如要是我满脸涂脂抹粉，我不愿这位少年称赞它很好，只因为那副假象才想娶我为妻。这是给你们的花儿，浓烈的薄荷、香草；陪着太阳就寝、流着泪跟它一起起身的万寿菊；这些是仲夏的花卉，我想它们应当给予中年人。给您吧，欢迎您来。

卡密罗　假如我也是你的一头羊，我可以无须吃草，用凝视来使我活命。

潘狄塔　唉，别说了吧！您会消瘦到一阵正月的风可以把您吹来吹去的。[向弗罗利泽] 现在，我的最美的朋友，我希望我有几枝春天的花朵，可以适合你的年纪——还有你，还有你，在你们处女的嫩枝上花儿尚含苞未放。普洛塞庇那啊！现在所需要的正是你在惊慌中从狄斯的车上堕下的花朵！在燕子尚未归来之前，就已经大胆开放，丰姿招展地迎着三月之和风的水仙花；比朱诺的眼睑或是西塞利娅的气息更为甜美的暗色的紫罗兰；像一般薄命的女郎一样，还不曾看见光明的福玻斯在中天大放荣辉，便以未嫁之身奄然长逝的樱草花；勇武的、皇冠一样的莲香花；以及各种的百合花，包括泽兰。唉！我没有这些花朵来给你们扎成花圈；再把它们撒遍你，我的好友的全身！

弗罗利泽　什么！像一个尸体那样吗？

潘狄塔　不,像是给爱情所偃卧游戏的水滩,不是像一个尸体;或者是抱在我臂中的活体,而不是去埋葬的。来,把你们的花儿拿了。我简直像他们在圣灵降临节扮演的牧歌戏里一样放肆了;一定是我这身衣服改变了我的性情。

弗罗利泽　无论你做什么事,总比已经做过的更为美妙。当你说话的时候,亲爱的,我希望你永远说下去。当你唱歌的时候,我希望你做买卖的时候也这样唱着,布施的时候也这样唱着,祈祷的时候也这样唱着,管理家政的时候也这样唱着。当你跳舞的时候,我希望你是海中的一朵浪花,永远那么波动着,再不做别的事。你的每一个动作,在无论哪一点上都是那么特殊地美妙;每看到一件眼前的事,都会令人以为不会有更胜于此的了;在每项事情上你都是个女王。

潘狄塔　啊,道里克尔斯! 你把我恭维得太过分了。倘不是因为你的年轻和你的真诚,表示出你确是一个纯洁的牧人的话,我的道里克尔斯,我是很有理由疑心你别有用意的。

弗罗利泽　我没有可以引起你疑心的用意,你也没有疑心我的理由。可是来吧，请你允许我陪你跳舞。把你的手给我，我的潘狄塔；就像一对斑鸠一样，永不分开。

**潘狄塔** 我誓愿如此。

**波力克希尼斯** 这是牧场上最美的小家碧玉；她的每一个动作、每一种姿态，都有一种比她自身更为高贵的品质，这地方似乎屈辱了她。

**卡密罗** 他对她说了句什么话儿，羞得她脸红起来了。真的，她可说是田舍的女王。

**小丑** 来，奏起音乐来。

**陶姑儿** 叫毛大姐做你的情人吧；好，别忘记嘴里含个大蒜儿，接起吻来味道好一些。

**毛大姐** 岂有此理！

**小丑** 别说了，别说了；大家要讲究礼貌。来，奏起来。

［奏乐；牧人群舞］

**波力克希尼斯** 请问，好牧人，跟你女儿跳舞的那个漂亮的田舍郎是谁？

**牧人** 他们把他叫作道里克尔斯；他自己夸说他有很好的牧场。我相信他的话；他瞧上去是个老实人。他说他爱我的女儿。我也这样想；因为就是月亮凝视着流水，也赶不上他那么痴

102

心地立定呆望着我女儿的眼波。老实说吧，从他们的接吻上要分别出谁更爱谁来，是不可能的。

波力克希尼斯　她跳舞跳得很好。

牧人　她样样都精；虽然我不该这样自夸。要是年轻的道里克尔斯选中了她，她会给他梦想不到的好处的。

———仆人上

仆人　[向小丑] 啊，大官人！要是你听见了门口的那个货郎，你就再不会跟着手鼓和笛子跳舞了；不，风笛也不能诱动你了。他唱了几支曲调比你数银钱还快，似乎他曾经吃过许多歌谣似的；大家的耳朵都生牢在他的歌儿上了。

小丑　他来得正好；我们应当叫他进来。山歌我是再爱听不过的了，只要它是用快活的调子唱着悲伤的事，或是用十分伤心的调子唱着很快活的事儿。

仆人　他有给各色男女的歌儿；没有哪个女服店主会像他那样恰如其分地用合适的手套配合着每个顾客了。他有最可爱的情歌给姑娘们，难得的是一点不粗俗，那和歌和尾声是这样优雅，"跳她一顿，揍她一顿"；唯恐有什么喜欢讲粗话的坏蛋要趁此开个恶作剧的玩笑，他便叫那姑娘回答说："哦唷，饶饶我，好人儿！"把他推了开去，这么撇下了他。"哦唷，饶饶我，好人儿！"

波力克希尼斯　这是一个有趣的家伙。

小丑　真的，你说的是一个很调皮的东西。他有没有什么新鲜的货色？

仆人　他有虹霓上各种颜色的丝带；带纽之多，可以叫波希米亚所有的律师大批地来也点不清楚；羽毛带、毛绒带、细麻布、细竹布；他把它们一样一样唱着，好像它们都是男神女神的名字呢。他把女人衬衫的袖口和胸前的花样都唱得那么动听，你会以为每一件衬衫都是一个女天使呢。

小丑　去领他进来；叫他一路唱着来。

潘狄塔　吩咐他可不许唱出粗俗的句子来。

| 仆人下

小丑　瞧不出这班货郎真有点儿本事呢，妹妹。

潘狄塔　是的，好哥哥，我再瞧也不会瞧出什么来的。

奥托里古斯　[唱]

　　　　　　　白布白，像雪花；

　　　　　　　黑纱黑，像乌鸦；

　　　　　　　一双手套玫瑰香；

　　　　　　　假脸罩住俊脸庞；

　　　　　　　琥珀项链玻璃镯，

　　　　　　　绣闼生香芳郁郁；

　　　　　　　金线帽儿绣肚罩，

　　　　　　　买回送与姐儿俏；

　　　　　　　烙衣铁棒别针尖，

　　　　　　　闺房百宝尽完全；

　　　　　　　来买来买快来买，

　　　　　　　哥儿不买姐儿怪。

小丑　　要不是因为我爱上了毛大姐，你再不用想从我
　　　　手里骗钱去，可是现在我既然爱她都爱得着
　　　　了魔，不得不买些丝带手套了。

毛大姐　你曾经答应过买来送给我今天穿戴；但现在还
　　　　不算太迟。

陶姑儿　他答应你的一定还不止这些哩。

毛大姐　他答应你的，都已经给了你；也许他给你的比

105

他所答应你的还要多哩，看你好意思说出来。

小丑　难道姑娘家就不讲个礼数吗？穿裤子可以当着大家的脸吗？你们不可以在挤牛奶的时候、睡觉的时候或是在灶下悄声地谈说你们的秘密，一定要当着众位客人之前唠叨不停吗？怪不得他们都在那儿交头接耳了。闭住你们的嘴，别再多说一句话吧。

毛大姐　我已经说完了。来，你答应买一条围巾和一双香手套给我的。

小丑　我不曾告诉你我怎样在路上给人掏了钱去吗？

奥托里古斯　真的，先生，外面拐子很多呢；一个人总得小心些才是。

小丑　朋友，你不用担心，在这儿你不会失落什么的。

奥托里古斯　但愿如此，先生；因为我有许多值钱的东西呢。

小丑　你有些什么？山歌吗？

毛大姐　请你买几支；我顶喜欢刻印出来的山歌，因为那样的山歌才一定是真的。

奥托里古斯　这儿是一支调子很悲伤的山歌，里面讲着一个放债人的老婆一胎生下二十只钱袋来，她尽想着吃蛇头和煮烂的蛤蟆。

毛大姐　你想这是真的吗？

106

奥托里古斯　再真没有了，才一个月以前的事呢。

　　陶姑儿　天保佑我别嫁给一个放债的人！

奥托里古斯　收生婆的名字都在这上头，叫什么造谣言太太
　　　　　　的，另外还有五六个在场的奶奶。我干什么
　　　　　　要到处胡说呢？

　　毛大姐　谢谢你，买了它吧。

　　　小丑　好，把它放在一旁。让我们看还有什么别的歌；
　　　　　　别的东西等会儿再买吧。

奥托里古斯　这儿是另外一支歌，讲到有一条鱼在四月
　　　　　　八十日星期三这一天在海岸上出现，离水面
　　　　　　二十四万英尺以上；它便唱着这一支歌打
　　　　　　动姑娘们的硬心肠。据说那鱼本来是一个女
　　　　　　人，因为不肯跟爱她的人交欢，故而变成一条
　　　　　　冷血的鱼。这歌儿十分动人，而且是千真万
　　　　　　确的。

　　陶姑儿　你想那也是真的吗？

奥托里古斯　五个法官调查过这件事，证人多得数不清呢。

　　　小丑　也把它放下来；再来一支看看。

奥托里古斯　这是一支轻松的小调，可是怪可爱的。

　　毛大姐　让我们买几支轻松的歌儿。

奥托里古斯　这才是非常轻松的歌儿呢，它可以用"两个姑

娘争风"这个调子唱。西方一带的姑娘谁都
会唱这歌；销路好得很呢，我告诉你们。

毛大姐　我们俩也会唱。要是你也加入唱，你便可以听
我们唱得怎样；它是三部合唱。

陶姑儿　我们在一个月之前就学会这个调子了。

奥托里古斯　我可以参加；你们要知道这是我的吃饭本领呢。
请唱吧。［三人轮唱］

奥托里古斯　　你去吧，因为我必须走，
　　　　　　到哪里用不着你追究。

陶姑儿　　哪里去？

毛大姐　　啊！哪里去？

陶姑儿　　哪里去？

毛大姐　　赌过的咒难道便忘掉，
　　　　　什么秘密该让我知晓？

陶姑儿　　让我也到那里去。

毛大姐　　你到农场还是到磨坊？

陶姑儿　　这两处全不是好地方。

奥托里古斯　都不是。

陶姑儿　　咦，都不是？

奥托里古斯　都不是。

陶姑儿　　你曾经发誓说你爱我。

毛大姐　　　你屡次发誓说你爱我。

　　　　　　究竟你到哪里去？

　　小丑　让我们把这个歌儿拣个清静的地方唱完；我的
　　　　　爸爸跟那两位老爷在讲正经话，咱们别搅扰
　　　　　了他们。来，带着你的东西跟我来吧。两位
　　　　　大姐，你们两人都不会落空。货郎，让我们先
　　　　　发发利市。跟我来，姑娘们。

　　　　　　　　　　　　　　　　　| 小丑、陶姑儿、毛大姐同下

奥托里古斯　你要大破其钞呢。［唱］

　　　　　　要不要买些儿时新花边？

　　　　　　要不要镶条儿缝上披肩？

　　　　　　我的小娇娇，我的好亲亲！

　　　　　　要不要买些儿丝线缎绸？

　　　　　　要不要首饰儿插个满头？

　　　　　　质地又出色，式样又时新。

　　　　　　要什么东西请告诉货郎，

　　　　　　钱财是个爱多事的魔王：

　　　　　　人要爱打扮，只须有金银。

　　　　　　　　　　　　　　　　　　　　　　　　| 下

| 仆人重上

　　仆人　主人，有三个推小车的，三个放羊的，三个看牛

109

的和三个牧猪的，都身上披了毛皮，自己说是
什么萨提尔的；他们跳的那种舞，姑娘们说
全然是一阵乱窜乱跳，因为里面没有女的，可
是他们自己却以为也许那些只懂得常规的人
会以为他们这种跳法太粗野了，其实倒是满
有趣的。

牧人　去！我们不要看他们；粗蠢的把戏已嫌太多了。
先生！我知道一定会叫你们心烦。

波力克希尼斯　你在叫那些使我们高兴的人心烦呢。请你让我
们瞧瞧这三个人一组的四班牧人吧。

仆人　据他们自己说，先生，其中的三个人曾经在王
上面前跳过舞，就是其中顶坏的三个，也会跳
十二英尺半呢。

牧人　别多嘴了。这两位好先生既然高兴，就叫他们
进来吧；可是快些。

仆人　他们就在门口等着呢，主人。

| 下

| 仆人领十二乡人扮萨提尔重上

| 跳舞后同下

波力克希尼斯　［向牧人］老丈,慢慢再让你知道吧。［向卡密罗］
这不是太那个了吗？ 现在应该去拆散他们

了。他果然很老实，把一切都讲出来了。[向弗罗利泽]你好，漂亮的牧人！你的心里充满了些什么东西，连宴会也忘记了？真的，当我年轻的时候，我也像你一样恋爱着，常常送给我的她许多小东西。我会把货郎的绸绢倾筐倒箧地送给她；可是你却轻轻地让他去了，不同他做成一点交易。要是你的姑娘误会了，以为这是你不爱她或是器量小的缘故，那么你假如不愿失去她，可就难于自圆了。

弗罗利泽　老先生，我知道她不像别人那样看重这种不值钱的东西。她要我给她的礼物，是深深地锁藏在我的心中的，我已经给了她了，可是还不曾正式递交。[向潘狄塔]这位年尊的先生似乎也曾经恋爱过，当着他的面前，听我诉说我的心灵吧！我握着你的手，这像鸽毛一样柔软而洁白、像非洲人的牙齿、像被北风簸扬过二次的雪花一样白的手。

波力克希尼斯　还有些什么下文呢？这个年轻的乡下女子似乎花了不少心血在洗那本来已经很美的手呢！恕我打扰；你说下去吧：让我听一听你要宣布些什么话。

弗罗利泽　好，就请您做个见证。

波力克希尼斯　我这位伙伴也可以听吗？

弗罗利泽　他也可以，再有别人也可以，一切的人、天地和万物，都可以来为我做见证：即使我戴上了最尊严最高贵的皇冠，即使我是世上引人注目的最美貌的少年，即使我有超人的力量和知识，我也不愿重视它们，假如我得不到她的爱情；它们都是她的臣仆，她可以赏擢它们使供奔走，或者贬斥它们沦于永劫。

波力克希尼斯　说得很好听。

卡密罗　这可以表示真切的爱悦。

牧人　可是，我的女儿，你不会对他也说些什么吗？

潘狄塔　我不能说得像他那么好；我也没有比他更好一点的意思。用我自己的思想作为例子，我可以看出他的真诚来。

牧人　握手吧；交易成功了。不相识的朋友们，你们可以做证：我把我的女儿给了他，我要使她的嫁奁和他的财产相当。

弗罗利泽　啊！那该是你女儿自身的德行了。要是有一个人死了，我所有的将为你们梦想所不及；那时再叫你吃惊吧。现在，来，当着这两位证人

|  |  |
|---|---|
| | 之前给我们订婚。 |
| 牧人 | 伸出你的手来；女儿，你也伸出手来。 |
| 波力克希尼斯 | 且慢，汉子。你有父亲吗？ |
| 弗罗利泽 | 有的；为什么提起他呢？ |
| 波力克希尼斯 | 他知道这件事吗？ |
| 弗罗利泽 | 他不知道，也不会知道。 |
| 波力克希尼斯 | 我想一个父亲是他儿子的婚宴上最不能缺少的尊客。我再请问你一声，你的父亲已经老悖得做不了主吗？他是不是一个老糊涂？他会说话吗？他耳朵听得见吗？能不能认识人，谈论自己的事情？他是不是躺在床上爬不起来，只会做些孩子气的事？ |
| 弗罗利泽 | 不，好先生，像他那个年纪的人，很少有他那样壮健的呢。 |
| 波力克希尼斯 | 凭着我的白胡子起誓，如果真是这样的话，你太不孝了。儿子自己选中一个妻子，这是说得过去的；可是做父亲的一心想望着子孙的好，在这种事情上也参加一点意见，总也是应该的吧。 |
| 弗罗利泽 | 我承认您的话很对；可是，我的尊严的先生，为了别的一些不能告诉您的理由，我不曾让我 |

的父亲知道这回事。

波力克希尼斯 那你就该去告诉他才是。

弗罗利泽 他不能知道。

波力克希尼斯 他一定要知道。

弗罗利泽 不,他一定不能知道。

牧人 去告诉他吧,我的孩子;他要是知道你选了怎样一个妻子,决不会不中意的。

弗罗利泽 不,不,他一定不能知道。来,给我们证婚吧。

波力克希尼斯 给你们离婚吧,少爷;[除去假装]我不敢叫你做儿子呢。你这没出息的东西,我还能跟你认父子吗?堂堂的储君,却爱上了牧羊的曲杖! 你这老贼,我恨不得把你吊死;可是即使吊死了你,像你这样的年纪,也不过促短了你几天的寿命。还有你,美貌的妖巫,你一定早已知道跟你发生关系的那人是个天潢贵胄的傻瓜——

牧人 哎哟!

波力克希尼斯 我要用荆棘抓破你的美貌,叫你的脸比你的身份还寒碜。讲到你,痴心的孩子,我再不准你看见这丫头的脸了;要是你敢叹一口气,我就把你废为庶人,摈出王族,以后永绝关系。

听好我的话；跟我回宫去。[向牧人] 蠢东西，你虽然使我大大生气，可是暂时恕过你这遭。[向潘狄塔] 妖精，你只配嫁个放牛的！若不是为了顾及我王家的体面，像他这样恬不知耻自贬身份的人和你倒也相配！要是你以后再开你的柴门接他进来，或者再敢去抱住他的身体，我一定要想出一种最残酷的死刑来处决你这弱不禁风的娇躯。

| 下

潘狄塔　虽然一切都完了，我却并不恐惧。不止一次我想要对他明白说：同一太阳照着他的宫殿，也不曾避过了我们的草屋；日光是一视同仁的。殿下，请您去吧；我对您说过会有什么结果的。请您留心着您自己的地位；我现在已经梦醒，就别再扮什么女王了。让我一路挤着羊奶，一路哀泣吧。

卡密罗　哦，怎么啦，老丈！在你没有死之前，说句话呀。

牧人　我不能说话，也不能思想，更不敢知道我所知道的事。唉，殿下！我活了八十三岁，但愿安安静静地死去，在我的父亲葬身的地方，跟他正直的骸骨长眠在一块儿，可是您现在把我毁了！替我盖上殓衣的，将是个行刑的绞手；我的埋骨之处，没有一个牧师会加上一铲土。唉，该死的孽根！你知道他是王子，却敢跟他谈情。完了！完了！要是我能够就在这点钟内死去，那么总算死得其时。

| 下

弗罗利泽　你为什么这样看着我？我不过有点悲伤，却并不恐惧；不过受了挫折，却没有变心；本来是怎样，现在仍旧是怎样。因为给拉住了而更要努力向前，不甘心委屈地给人拖了去。

卡密罗　殿下，您知道您父亲的脾气。这时候他一定不听人家的话；我想您也不会想去跟他说什么；而且我怕他现在也未必高兴见您的面：所以您还是等他的火性退了之后再去见他吧。

弗罗利泽　我没有这个意思。我想你是卡密罗吧？

卡密罗　正是，殿下。

潘狄塔　我不是常常对你说事情会弄到这样的！我不是常常说等到这事一泄露，我就要丢脸了！

弗罗利泽　你决不会丢脸，除非我背了信；那时就让天把地球的两边碰拢来，毁灭掉一切的生灵吧！抬起你的脸来。父亲，把我废斥了吧；我是我的爱情的后嗣。

卡密罗　请听劝告吧。

弗罗利泽　我听从着我的爱情的劝告呢。要是我的理性能
　　　　服从指挥，那么我是有理性的；否则我的感
　　　　觉就会看中疯闹，向它表示欢迎。

卡密罗　您这简直是乱来了，殿下。

弗罗利泽　随你怎样说吧；可是这才可以实现我的盟誓，
　　　　我必须以为这样做是正当的。卡密罗，我不
　　　　愿为了波希米亚，或是它的一切的荣华，或
　　　　是太阳所临照、土壤所孕育以及无底的深海
　　　　所隐藏的一切，而破毁了我向这位美貌的未
　　　　婚妻所立的誓。所以，我拜托你，因为你一
　　　　直是我父亲所看重的朋友，当他失去我的时
　　　　候——不瞒你说，我预备再不见他了——请
　　　　你好好安慰安慰他；让我自个儿挣扎我的未
　　　　来的命运吧。我不妨告诉你，你也可以这样
　　　　对他说，因为在岸上我不能保有她，我要同着
　　　　她到海上去了；巧得很，我刚有一艘快船在
　　　　此，虽然本来并非为着这次的计划。至于我
　　　　预备采取什么方针，那你无须知道，我也不必
　　　　告诉你了。

|          |                                                              |
|----------|--------------------------------------------------------------|
| 卡密罗   | 啊,我的殿下! 我希望您的性子不那么固执,更能听取忠告,或者您的精神较为坚强,更能适合您的需要。 |
| 弗罗利泽 | 听我说,潘狄塔。[携潘狄塔至一旁。向卡密罗]等会儿再跟你谈。 |
| 卡密罗   | 他已经立志不移,一定要出走了。要是我能在他的这回出走上想个计策,一方面偿了我的心愿,一方面帮助他脱去危险,为他尽些力量;让我再看见我的亲爱的西西里和我渴想见面的不幸的旧君,那就一举两得了。 |
| 弗罗利泽 | 好卡密罗,我因为有许多难题要解决,多多失礼了。 |
| 卡密罗   | 殿下,我想您也听说过我对于您父亲的微末的忠勤吧? |
| 弗罗利泽 | 你是很值得尊敬的;我父亲一提起你的功绩,总是极口称赞;他也常常想到要怎样补报你。 |
| 卡密罗   | 好,殿下,要是您愿意把我看成是忠心于王上,同时因为忠心于他的缘故,也愿意忠心于和他最关切的人,那就是说殿下您自己,那么请您接受我的指示:假如您那已经决定了的重要的计划可以略加更改的话,我可以指点您 |

一处将会按着您的身份竭诚接待您的地方；
您可以在那边陪您的恋人享着艳福，我知道
要把你们拆散是不可能的，除非遭到了毁灭
的命运——上帝保佑不会有这种事！您跟她
结了婚；这边我可以竭力向您的愠意的父亲
劝解，渐渐使他同意。

弗罗利泽　这简直是奇迹了，卡密罗；怎么可以实现呢？
我要相信你不是个凡人，然后才可以相信你
的话。

卡密罗　您有没有想到一个去处？

弗罗利泽　还没有；可是因为这回事情的突如其来，不得
不使我们采取莽撞的行动。我们只好听从命
运的支配，随着风把我们吹到什么方向。

卡密罗　那么听我说。要是您立定主意出走，那么到西
西里去吧；您可以带着您这位美人去谒见里
昂提斯，说她是位公主，把她穿扮得适合于做
您妻子的身份。我想象得到里昂提斯将会伸
出他的宽宏的手来，含着眼泪欢迎你；把你
当作你父亲本人一样，向你请求原恕；吻着
你的娇艳的公主的手；一面忏悔他过去的不
仁，一面让眼前的殷勤飞快地愈加增长。

**弗罗利泽**  可尊敬的卡密罗,我要用些什么借口来向他说明这次访问呢?

**卡密罗**  您说是您父王差遣您来向他问候通好的。殿下,您要用什么方式去见他;作为您父亲的代表,您要向他说些什么话;那些在我们三人间所知道的事情,我都可以给您写下来,指示您每次朝见时所要说的话,他一定会相信您的父亲已经把心腹之事全告诉您了。

**弗罗利泽**  我真感谢你。这似乎有些可能。

**卡密罗**  比起您的鲁莽的做法来,总要有把握多了,照您的做法,只能听任无路可通的大海、梦想不到的海滨、无可避免的灾祸摆布,没有人能够帮助您,脱了这场险又会遭遇另一场险,除了尽力把你们留在你们所厌恶的地方的铁锚而外,再没有可靠之物。而且您知道幸运是爱情的维系;爱情的鲜艳的容色和热烈的心,也会因困苦而起变化。

**潘狄塔**  你的话只算一半对;我想困苦可以使脸色惨淡,却未必能改变心肠。

**卡密罗**  噢,你这样说吗? 你父亲的家里再七年也生不出像你这样一个人来。

弗罗利泽　我的好卡密罗，她虽然出身比我们低，她的教养却不次于我们。

卡密罗　我不能因为她的缺少教育而惋惜，因为她似乎比大多数教育别人的都更有教育。

潘狄塔　大人，承您过奖，惭愧得很。

弗罗利泽　我的最可爱的潘狄塔！可是，唉！我们却立于荆棘之上！卡密罗，你曾经救了我的父亲，现在又救了我，你是我们一家人的良药；现在我们该怎么办呢？我既然穿得不像一个波希米亚的王子，到了西西里也没有办法好想。

卡密罗　殿下，您不用担心。我想您也知道我的财产全在那边；我一定会像关心自己的事一样设法让您穿着得富丽堂皇。譬如说，殿下，让您知道您不会缺少什么——过来，我对您说。[三人退至一旁谈话]

奥托里古斯上

奥托里古斯　哈哈！诚实真是个大傻瓜！他的把兄弟，"信任"，脑筋也很简单！我的一切不值钱的玩意儿全卖光了；担子里空空如也，不剩一粒假宝石，一条丝带，一面镜子，一颗香丸，一枚饰针，一本笔记簿，一页歌曲，一把小刀，一根织带，一双手套，一副鞋带，一只手镯，或是一个明角戒指。他们争先恐后地抢着买，好像我这种玩意儿都是神圣的宝石，谁买了去就会有好福气似的。我就借此看了出来谁的袋里像是最有钱；凡是我的眼睛所看见的，我便记在心里备用。我那位傻小子混头混脑，听了那些小娘儿们的歌着了迷了，他那猪猡脚站定了动都不动，一定要把曲谱和歌词全买了才肯罢休；因此引集了许多人都到了我身边，只顾着听，别的全忘记了：你尽可以把哪个姑娘的衬裙抄走，她是决不会觉得的；你要是把像个鸡巴似的钱袋剪了下来，简直不费吹灰之力；我可以把一串链条上的钥匙都锉下来呢：什么都不听见，什么都不觉得，只顾着我那位大爷的唱歌，津津有味地听那种胡说八道。因此在这种昏迷颠倒的时候，我把他们中间大部分人为着来赶热闹而装满了的钱袋都掏空了；假如不是因为那个老头子连嚷带喊地走来，骂着他的女儿和国王的儿子，把那些耷糠上的蠢鸟都吓走了，我一定会叫他们的钱袋全军覆没的。[卡密罗、弗罗利

卡密罗　不，可是用这方法我的信可以和您同时到那边，
　　　　　这困难便可以解决了。

弗罗利泽　同时你请里昂提斯王写信给我们斡旋——

卡密罗　那一定会把您父亲的心劝转来。

潘狄塔　多谢您！您所说的都是很好的办法。

卡密罗　[见奥托里古斯]谁在这儿？我们也许可以把这
　　　　　人利用利用；有机会总不要放过。

奥托里古斯　[旁白]要是我的话给他们听了去，那么我就该
　　　　　死了。

卡密罗　喂，好家伙！你干吗这样发抖呀？别怕，朋友；
　　　　　我们并不要为难你。

奥托里古斯　我是个苦人儿，老爷。

卡密罗　那么你就是个苦人儿吧，没有人会来偷你这个名
　　　　　号的。可是我们倒要和你的贫穷的外表做一
　　　　　注交易哩。快脱下你的衣服来吧——你该知
　　　　　道你非脱不可——和这位先生换一身穿。虽
　　　　　然他换到的只是一件破旧不值一个子儿的东
　　　　　西，可是还有几个额外的钱给你，你拿了去吧。

奥托里古斯　我是个苦人儿，老爷。[旁白]我知道你们的把戏。

卡密罗　哎，请你赶快吧；这位先生已经脱下来了。

123

奥托里古斯　您不是开玩笑吧,老爷? [旁白]我有点儿明白
　　　　　　这种诡计。

弗罗利泽　请你快些。

奥托里古斯　您虽然一本正经地给我定钱,可是我却有点儿
　　　　　　不能相信呢。

卡密罗　脱下来,脱下来。[弗罗利泽、奥托里古斯二人换衣]
　　　　幸运的姑娘,让我对你的预言成为真实吧!
　　　　你应该拣一簇树木中间躲着,把你爱人的帽
　　　　子拿去覆住了前额,蒙住你的脸,改变你的装
　　　　束,竭力隐住了自己的原形,然后再上船去;
　　　　路上恐怕眼目很多,免得被人瞧破。

潘狄塔　看来这本戏里我也要扮一个角色。

卡密罗　也是没有办法呀。——您已经好了吗?

弗罗利泽　要是我现在遇见了我的父亲,他不会叫我做儿
　　　　　子的。

卡密罗　不,这帽子不给你戴。[以帽给潘狄塔]来。姑娘,
　　　　来吧。再见,我的朋友。

奥托里古斯　再见,老爷。

弗罗利泽　啊,潘狄塔,我们忘了一件事了! 来跟你讲一句
　　　　　话。[弗罗利泽、潘狄塔在旁谈话]

卡密罗　[旁白]这以后我便去向国王告知他们的逃亡和

行踪；我希望因此可以劝他追赶他们，这样我便可以陪着他再见西西里的面，我真像一个女人那样相思着它呢。

弗罗利泽　幸运保佑我们！卡密罗，我们就此到海边去了。

卡密罗　一路顺风！

┃ 弗罗利泽、潘狄塔及卡密罗各下

奥托里古斯　我知道这回事情；我听见他们的话。一张好耳朵，一对快眼，一双妙手，这是当扒手所不可缺少的；而且要有一个好鼻子，可以替别的器官嗅出些机会来。看来现今是小人得势之秋。不加小账，这已经是一桩好交易了；况且还有这样的油水！天老爷今年一定特别包容我们，我们尽可以放手干去。王子自己也就有点不大靠得住，拖着绊脚的东西逃开了父亲的身旁。假如把这消息去报告国王知道是一件正当的事情，我也不愿这样干。不去报告本是小人的行径，正合我的本色。我还是干我的本行吧。走开些，走开些；一个活动的头脑，又可以有些事情做了。每一条巷头巷尾，每一家店铺、教堂、法庭、刑场，一个小心的人都可以显他的身手。

小丑　瞧，瞧，你现在弄到什么地步啦！唯一的办法是去告诉国王她是个拾来的孩子，并不是你的亲生骨肉。

牧人　不，你听我说。

小丑　不，你听我说。

牧人　好，那么你说吧。

小丑　她既然不是你的骨肉，你的骨肉就不曾得罪国王；因此他就不能责罚你的骨肉。你只要把你在她身边找到的那些东西，那些秘密的东西，都拿出来给他们看，只除了她的财物。这么一来，我可以担保，法律也不会奈何你了。

牧人　我要把一切都去告诉国王，每一个字，是的，还要告诉他他的儿子的胡闹；我可以说他这个人无论对于他的父亲和我都不是个好人，想要把我和国王攀做亲家。

小丑　不错，你起码也可以做他的亲家；那时你的血就不知道要贵多少钱一两了。

奥托里古斯　[旁白]很聪明，狗子们！

牧人　好，让我们见国王去；他见了这包裹里的东西，准要摸他的胡须呢。

奥托里古斯 [旁白]我不知道他们要是这样去说了会怎么阻碍我那主人的逃走。

小丑 但愿他在宫里。

奥托里古斯 [旁白]虽然我生来不是个好人，有时我却偶然要做个好人；让我把货郎的胡须取下藏好。[取下假须]喂，乡下人！你们到哪儿去？

牧人 不瞒大爷说，我们到宫里去。

奥托里古斯 你们到那边去有什么事？要去见谁？这包裹里是什么东西？你们家住何处？姓甚名谁？多大年纪？有多少财产？出身怎样？一切必须知道的事情，都给我说来。

小丑 我们不过是平常百姓呢，大爷。

奥托里古斯 胡说！瞧你们这种满脸须发蓬松的野相，就知道不是好人。我不要听胡说；只有做买卖的才会胡说，他们老是骗我们军人；可是我们却不给他们吃刀剑，反而用银钱买他们的谎——所以他们也不算胡说。

小丑 亏得您最后改过口来，不然您倒是对我们胡说一通了。

牧人 大爷，请问您是不是个官？

奥托里古斯 随你们瞧我像不像官，我可真是个官。没看见这身衣服就是十足的官气吗？我穿着这身衣服走路，那样子不是十足的官派吗？你们没闻到我身上的官味道吗？瞧着你们这副贱相，我不是大摆着官架子吗？你们以为我对你们讲话的时候和气了点，动问你们微贱的底细，因此我就不是个官了吗？我从头到脚都是个官，一高兴可以帮你们忙，一发脾气你们就算遭了瘟；所以我命令你们把你们的事情说出来。

牧人　大爷，我是去见国王的。

奥托里古斯　你去见他有什么脚路呢？

牧人　请您原谅，我不知道。

小丑　脚路是一句官话，意思是问你有没有野鸡送上去。你说没有。

牧人　没有，大爷，我没有野鸡，公的母的都没有。

奥托里古斯　我们不是傻瓜的人真幸福！可是谁知道当初造物不会把我也造成他们这种样子？因此我也不要瞧不起他们。

小丑　这一定是位大官儿。

牧人　他的衣服很神气，可是他的穿法却不大好看。

小丑　他似乎因为落拓不羁而格外显得高贵些。我可

以担保他一定是个大人物；我瞧他剔牙齿的
样子就看出来了。

奥托里古斯　那包裹是什么? 里面有些什么东西? 那箱子又
是哪里来的?

牧人　大爷,在这包裹和箱子里头有一个很大的秘密,
除了国王以外谁也不能知道；要是我能够去
见他说话,那么他在这一小时之内就可以知
道了。

奥托里古斯　老头子,你白白辛苦了。

牧人　为什么呢,大爷?

奥托里古斯　国王不在宫里;他已经坐了一只新船出去解闷
养息去了。要是你这人还算懂事的话,你该
知道国王心里很不乐意。

牧人　人家正这么说呢,大爷;说是因为他的儿子想
要跟一个牧人的女儿结婚。

奥托里古斯　要是那个牧人还不曾交保,还是赶快远走高飞
的好。他将要受到的咒诅和刑罚,一定会把
他的背膀压断,就是妖魔的心也禁不住要碎
裂的。

小丑　您以为这样吗,大爷?

奥托里古斯　不但他一个人要大吃其苦,就是跟他有点亲戚

129

关系的，即使疏远得相隔五十层，也逃不了要上绞架。虽然那似乎太残忍些，然而却是应该的。一个看羊的贱东西，居然胆敢叫他的女儿妄图非分！有人说应当用石头砸死他；可是我说这样的死法太惬意了。把九五之尊拉到了羊棚里来！这简直是万死犹有余辜，极刑尚嫌太轻哩。

小丑　　大爷，请问您听没听见说那老头子有一个儿子？

奥托里古斯　他有一个儿子，要把他活活剥皮；然后涂上蜜，放在胡蜂窠的顶上；等他八分是鬼两分是人的时候，再用火酒把他救活过来；然后拣一个历本上所说的最热的日子，把他那块生猪肉似的身体背贴着砖墙上烤烤，太阳向着正南方蒸晒着他，让那家伙身上给苍蝇下卵而死去。可是我们说起这种奸恶的坏人做什么呢？他们犯了如此大罪，受这种苦难也不妨付之一笑。你们瞧上去像是正直良民，告诉我你们见国王有什么公干。你们如果向我孝敬孝敬，我可以带你们到他的船上去，给你们引见，悄悄地给你们说句好话。要是国王身

边有什么人能够影响你们的请求的话，这个
人就在你们的眼前。

小丑　他瞧上去是个有权有势的人，跟他商量，送给他
些金子吧；虽然权势是一头固执的熊，可是
金子可以拉着它的鼻子走。把你钱袋里的东
西放在他手掌之上，再不用瞎操心了。记住，
用石头砸死，活活地剥皮！

牧人　大爷，要是您肯替我们担任这件事情，这儿是我
的金子；我还可以去给您拿这么多来，这个
年轻人可以留在您这儿权作抵押。

奥托里古斯　那是说等我做了我所允许的事情以后吗？

牧人　是的，大爷。

奥托里古斯　好，就先给我一部分吧。这事情你也有份儿吗？

小丑　略为有点儿份，大爷；可是我的情形虽然很可
怜，我希望我不至于给剥了皮去。

奥托里古斯　啊！那说的是那牧人的儿子呢；这家伙应该吊
死，以昭炯戒。

小丑　鼓起精神来！我们必须去见国王，给他看些古
怪的东西。他一定要知道她不是你的女儿，
也不是我的妹妹；我们是全不相干的。大爷，
等事情办完之后，我要送给您像这位老头子

送给您的一样多；而且照他所说的，在没有
去拿来给您之前，我可以把我自己抵押给您。

**奥托里古斯** 我可以相信你。你们先到海边去，向右边走。
我略为张望张望就来。

**小丑** 我们真运气遇见这个人，真运气！

**牧人** 让我们照他的话先去。他真是老天爷派来帮我
们忙的。

| 牧人、小丑下

**奥托里古斯** 假如我有一颗要做老实人的心，看来命运也不
会允许我；她会把横财丢到我嘴里来的。我
现在有了个一举两得的机会，一方面有钱财
到手，一方面又可以向我的主人王子邀功；
谁知道那不会使我再高升起来呢？我要把这
两只瞎眼珠的耗子带到他的船上去；假如他
以为不妨把他们放回岸上，让他们去向国王
告发也没甚关系，那么就让他因为我的多事
而骂我混蛋吧；那个头衔以及连带着的耻辱，
反正对我都没有影响。我要带他们去见他；
也许会有什么事情要见分晓。

| 下

# Act_5

# 第 一 场

西西里。里昂提斯宫中一室

| 里昂提斯、克里奥米尼斯、狄温、

宝丽娜及余人等同上

**克里奥米尼斯**　陛下,像一个忏悔的圣者一样,你已经伤心得够
了。无论怎样的错处,您的忏悔也都已经可
以补赎而有余。请您遵照着天意,忘怀了您
的罪过,宽恕了自己吧。

**里昂提斯**　当我记起她和她的圣德来的时候,我忘不了我
自己的罪;我也永远想到我对于自己所铸成
的大错,使我的国统失去了嗣续,毁灭了一位
人间最可爱的伴侣。

**宝丽娜**　真的,一点不错,陛下。要是您和世间的每一个

135

女子依次结婚，或者把所有的女子的美点提出来造成一个完美的女性，也抵不上给您害死的那位那样好。

里昂提斯　我也这样想。害死！她是给我害死的！我的确害死了她，可是你这样说，太使我难过了；在你舌头上吐出来的这句话，正像在我心中的一样刻毒。请你少说几次吧。

克里奥米尼斯　您别说了吧，好夫人；千不说，万不说，为什么一定要说这种火上浇油的话呢？

宝丽娜　你也是希望他再结婚的。

狄温　要是您不这样希望，那么您未免太不能为王上设身处地想一想，假如陛下绝了后嗣，国家将会遇到怎样的危机，就是一筹莫展、袖手旁观的人也难脱身事外。还有什么事情比让先后瞑目地下更为神圣呢？为了王统的恢复，为了目前的安慰和将来的利益，还有什么比再诞生一位可爱的小王子尤其神圣的事？

宝丽娜　想到已经故世了的王后，那么世上是没有人有资格继承她的。而且神们也一定要实现他们秘密的意旨；神圣的阿波罗不是曾经在他的神谕里说过，里昂提斯在不曾找到他的失去

的孩子之前，将不会有后裔？这种事情照我
们凡人的常理推想起来，正像我的安提哥纳
斯会从坟墓里出来一样不可能，我相信他是
一定和那婴孩死在一起了。可是你们却要劝
陛下违反天意。[向里昂提斯]不要担心着后
嗣；王冠总会有人戴的。亚历山大皇帝把他
的王位传给功德最著的人；他的继位者因此
是最好的贤人。

里昂提斯　好宝丽娜，我知道你忘不了赫米温妮的贤德；
　　　　　唉！要是我早听你的话就好了！那么即使在
　　　　　现在，我也可以正视着我的王后的双眼，从她
　　　　　的唇边领略着仙露的滋味——

宝丽娜　那是取之不竭的；当您离开之后，它会变得愈
　　　　加富裕。

里昂提斯　你说得对。佳人难再得，我也不愿再娶了。要
　　　　　是娶了一个不如她的人，却受到胜于她的待
　　　　　遇，一定会使她在天之灵不安，她将重新以肉
　　　　　身出现在罪恶的人间，而责问着："为什么对
　　　　　我那样？"

宝丽娜　要是她有那样的力量，她是很有理由这样做的。
里昂提斯　是的，而且她要引动我杀害我所娶的那个人。

137

| | |
|---|---|
| 宝丽娜 | 假如是我,我一定会这样的。要是我是那现形的鬼魂,我要叫你看着她的眼睛,告诉我你为了她哪一点不足取的地方而选中了她;然后我要锐声呼叫,你的耳朵也会听了震裂;于是我要说:"记着我吧!" |
| 里昂提斯 | 她的眼睛是闪烁的明星,一切的眼睛都是消烬的寒煤!不用担心我会再娶;我不会再娶的,宝丽娜。 |
| 宝丽娜 | 您愿意发誓说不得到我的许可,决不结婚吗? |
| 里昂提斯 | 决不结婚,宝丽娜;祝福我的灵魂! |
| 宝丽娜 | 那么,各位大人,请为他立的誓做见证。 |
| 克里奥米尼斯 | 你使他激动得太过分了。 |
| 宝丽娜 | 除非他的眼睛将会再看见一个就像赫米温妮的画像那样跟她相像的人。 |
| 克里奥米尼斯 | 好夫人—— |
| 宝丽娜 | 我已经说好了。可是,假如陛下要结婚的话——假如您要,陛下,那也没有办法,只好让您结婚——可是允许我代您选一位王后。她不会像先前那位那样年轻;可是一定要是那种人,假设先后的幽灵出现,看着您把她抱在怀里,她会感觉高兴的。 |

**里昂提斯**　我的忠实的宝丽娜,你不叫我结婚,我就不结婚。

**宝丽娜**　等您的第一位王后复活的时候,您就可以结婚。

*一侍从上*

**侍从**　启禀陛下,有一个自称为波力克希尼斯之子,名叫弗罗利泽王子的,带着他的夫人,要来求见;他的夫人是一位我平生所见的最美的美人。

**里昂提斯**　他随身带些什么人? 他来得不大合于他父亲的那种身份;照这样轻骑简从,又是那么突然的样子看起来,一定不是预定的访谒,而是出于意外的需要。他的随从是什么样子的?

**侍从**　很少,也不大像样。

**里昂提斯**　你说他的夫人也同来了吗?

**侍从**　是的,我想她是灿烂的阳光所照射到的举世无双的美人。

**宝丽娜**　唉,赫米温妮!"现在"总是夸说它自己胜于比它更好的"过去",因此泉下的你也必须让眼前的人掩去你的光荣了。先生,你自己曾经亲口说过,亲手写过这样的句子,"她是空前绝后的";你曾经这样歌颂过她的美貌,可是现在你的文字已经比你歌咏的那人更冷了。你怎么好说你又见了一个更好的呢？

侍从　恕我，夫人。那一位我差不多已经忘了——恕我——现在的这一位要是您看见了，您一定也会称赞的。这一个人儿，要是她创始了一种新的教派，准会叫别派的信徒冷却了热诚，所有的人都会皈依她。

宝丽娜　什么！女人可不见得跟着她吧？

侍从　女人爱她，因为她是个比无论哪个男人更好的女人；男人爱她，因为她是一切女人中的最稀有者。

里昂提斯　去，克里奥米尼斯，你带着你的高贵的同僚们去把他们迎接进来。

　　　　　│克里奥米尼斯及若干大臣及侍从

　　　　　　同下

可是那总是一件怪事，他会这样悄悄地溜到我们这儿来。

宝丽娜　要是我们那位宝贝王子现在还活着，他和这位殿下一定是很好的一对呢；他们的出世相距不满一个月。

里昂提斯　请你别说了！你知道一提起他，又会使我像当时一样难过起来。你这样说了，我一看见这

140

位贵宾，便又要想起可以使我发狂的旧事。

他们来了。

里昂提斯　你的母后是一位忠贞的贤妇，王子；因为她在
　　　　　怀孕你的时候，全然把你父王的形象铸下来
　　　　　了。你那样酷肖你的父亲，跟他的神气一模
　　　　　一样，要是我现在还不过二十一岁，我一定会
　　　　　把你当作他，叫你一声王兄，跟你谈一些我们
　　　　　从前的浪漫事儿。欢迎欢迎！还有你，天仙
　　　　　一样美貌的公主！——唉！我失去了一双人
　　　　　儿，要是活在世上，一定也会像你们这一双佳
　　　　　偶那样令人惊叹；于是我又失去了——都是
　　　　　我的愚蠢！——你的贤明的父王的友谊，我
　　　　　宁愿遭受困厄，只要能再见他一次面。

弗罗利泽　奉了他的命，我才到西西里这儿来，向陛下转
　　　　　达友谊的问候。倘不是因为年迈无力，他渴
　　　　　想亲自渡过间隔着两国的山河而来跟陛下谋
　　　　　面。他吩咐我多多拜上陛下；他说他对您的
　　　　　友情是远胜于一切王位的尊荣的。

里昂提斯　啊，我的王兄！我对你的负疚又重新在我的心

头搅动了,你这样无比的殷勤,使我惭愧我的因循的疏慢。像大地欢迎春光一样,我们欢迎你的来临!他也忍心让这位无双的美人冒着大海的风波,来问候一个她所不值得这样奔波着来问候的人吗?

弗罗利泽　陛下,她是从利比亚来的。

里昂提斯　就是那位高贵的勇武的斯曼勒斯在那里受人慑服敬爱的利比亚吗?

弗罗利泽　陛下,正是从那边来的;她便是他的女儿,从那边含泪道别。赖着一帆善意的南风,我们从那边渡海而来,执行我父王的使命,来访问陛下。我的重要的侍从我已经在贵邦的海岸旁边遣走,叫他们回到波希米亚去,禀复我在利比亚的顺利,以及我和贱内平安到此的消息。

里昂提斯　但愿可赞美的天神扫清了我们空气中的毒氛,当你们耽搁在敝国的时候!你有一位可敬的有德的父亲,我很抱歉对他负着罪疚,为此招致了上天的恼怒,罚我没有后裔;你的父亲却因为仁德之报,天赐给他你这样一个好儿子。要是我也有一双儿女在眼前,也像你们一样俊美,那我将要怎样快活啊!

大臣　陛下,倘不是因为证据就在眼前,您一定不会相信我所要说的话。波希米亚王命我代向陛下致意,请陛下就把他的儿子逮捕；他不顾自己的尊严和责任,和一个牧人的女儿逃出了父亲的国土,使他的父亲对他大失所望。

里昂提斯　波希米亚王在哪里？说呀。

大臣　就在此间陛下的城里,我刚从他那儿来。我的话有点混乱,因为我的惊奇和我的使命把我搅昏了。他向陛下的宫廷行来,目的似乎是要追拿这一对佳偶,在路上却遇见了这位冒牌的公主的父亲和她的哥哥,他们两人都离乡背井跟这位年轻王子同来。

弗罗利泽　我上了卡密罗的当了；他的令名和真诚向来都是坚持不变的。

大臣　都是他出的主意；他陪着您的父王同来呢。

里昂提斯　谁？卡密罗？

大臣　卡密罗,陛下；我跟他交谈过,他现在正在盘问这两个苦人儿。我从来不曾见过可怜的人们发抖到这样子；他们跪着,头碰着地,满口赌神发咒。王上塞紧了耳朵,恐吓着要用各种死罪一起加在他们身上。

**潘狄塔** 唉,我的可怜的父亲!上天差了密探来侦察着我们,不愿成全我们的好事。

**里昂提斯** 你们已经结了婚吗?

**弗罗利泽** 我们还没有,陛下;而且大概也没有希望了,正像星辰不能和山谷接吻一样;命运的残酷是不择高下的。

**里昂提斯** 贤侄,这是一位国王的女儿吗?

**弗罗利泽** 假如她成为我的妻子,她便是一位国王的女儿了。

**里昂提斯** 照着令尊的急性看来,这"假如"恐怕要等好久吧。我很抱憾你已经背弃子道,失了他的欢心;我也很抱憾你的意中人的身份与美貌不能相称,不配做你合适的配偶。

**弗罗利泽** 亲爱的,抬起头来。命运虽然明明白白是我们的敌人,驱使我的父亲来追赶我们;可是它却全无能力来改变我们的爱情。陛下,请您回想到您跟我一样年纪的时候,回想到那时的您所感到的爱情,挺身出来为我的行事辩护吧!只要您肯向我的父亲说句话,任是怎样宝贵的东西,他都会看作戋戋小物而答应给您的。

里昂提斯　要是他真会这样，那么我要向他要求你这位宝贵的姑娘，被他所看作戋戋小物的。

宝丽娜　陛下，您的眼睛里有太多的青春。在娘娘未死之前，她是更值得受您这样注视的。

里昂提斯　我在做这样注视的时候，心里就在想起她。[向弗罗利泽]可是我还没有回答你的请求。我可以去见你的父亲；只要你的荣誉没有因你的感情而颠覆，我就可以协助你；现在我就去见他调停。跟我来，瞧我的手段吧。来，王子。

|同下

## 第　二　场

同前。宫前

奥托里古斯及侍从甲上

**奥托里古斯**　请问你，先生，这次的谈话你也在场吗？

**侍从甲**　打开包裹来的时候我也在场，听见那老牧人说当时他怎样发现它的。他的话引起了一些惊异，以后我们便都奉命退出宫外；好像只听见那牧人说孩子是他找到的。

**奥托里古斯**　我真想知道后来的情形。

**侍从甲**　我只能零零碎碎地报告一些；可是我看见国王和卡密罗的脸色都变得十分惊奇。他们面面相觑，简直像要把眼皮撑破似的。在他们的静默里含着许多话语；在他们的姿势里表示

147

着充分的意义。他们瞧上去像是听见了一个世界赎回或是灭亡的消息。他们的脸上可以看得出有一种惊奇的感情；可是即使观察最灵敏的人倘使不曾知道前因后果，也一定辨不出来那意义究竟是欢喜还是伤心；但那倘不是极端的欢喜，一定是极端的伤心。

*侍从乙上*

**侍从甲**　这儿来的这位先生也许知道得更详细一些。什么消息，洛哲罗？

**侍从乙**　喜事喜事！神谕已经应验；国王的女儿已经找到了。在这点钟内突然发生的这许多奇事，编歌谣的人一定描写不出来。

*侍从丙上*

**侍从乙**　宝丽娜夫人的管家来了；他可以告诉你更详细的情形。事情怎样啦，先生？这件据说是真的消息太像一段故事，叫人难于置信。国王找到他的后嗣了吗？

**侍从丙**　照情形看起来是千真万确的；听着那样凿凿可靠的证据，简直就像亲眼目睹一样。赫米温妮王后的罩衫，挂在孩子头颈上的她的珠宝，安提哥纳斯的亲笔书信，那姑娘跟她母亲那

148

么相像的一副华贵的相貌，她的天然的高贵，以及其他许多的证据，都证明她就是国王的女儿。你有没有看见两位国王会面的情形？

侍从乙　没有。

侍从丙　那么你错过了一场只可以目击不可以言述的情景。一桩喜事上再加一桩喜事，使他们悲喜交集，老泪横流。他们大张着眼，紧握着手，脸上的昏惘的神情，人们要不是看见他们身上的御袍，简直都不认识他们了。我们的王上因为找到了他的女儿而欢喜得要跳起来，乐极生悲，他只是喊着："啊，你的母亲！你的母亲！"于是向波希米亚求恕；于是拥抱他的女婿；于是又搂着他的女儿；一会儿又向立在一旁像一道年深日久的泄水沟一样的牧羊老人连声道谢。我从来不曾听见过这样的遭遇，简直叫人话都来不及说，描摹都描摹不出来。

侍从乙　请问把孩子带出去的那个安提哥纳斯下落如何？

侍从丙　像一个老故事一样，不管人家相信不相信，要不要听，故事总是说不完的。他给一头熊撕裂了，这是那牧人的儿子说的；瞧他的傻样子

　　　　　不像是个会说谎话的，何况还有安提哥纳斯
　　　　　的手帕和戒指，宝丽娜认得是他的。

**侍从甲** 他的船和他的从人呢？

**侍从丙** 那船就在他们的主人送命的时候破了，这是那
　　　　　牧人看见的；因此一切帮着把这孩子丢弃的
　　　　　工具，在孩子给人发现的时候，便都灭亡了。
　　　　　可是唉！那时宝丽娜心里是多么悲喜交战！
　　　　　她的一只眼睛因为死了丈夫而黯然低垂，另
　　　　　一只眼睛又因为神谕实现而欣然扬举。她把
　　　　　公主抱了起来，紧紧地把她拥在怀里，似乎怕
　　　　　再失去她。

**侍从甲** 这一场庄严的戏剧值得君王们观赏，因为扮演
　　　　　者正是这样高贵的人。

**侍从丙** 最动人的是当讲起王后奄逝的时候，国王慨然
　　　　　承认他的过失，痛悼她的死状；他的女儿全
　　　　　神贯注地听着，她的脸色越变越惨，终于一声
　　　　　长叹，我觉得她的眼泪像血一样流下来，因
　　　　　为那时我相信我心里的血也像眼泪一样在奔
　　　　　涌。在场的即使是心肠最硬的人，也都惨然
　　　　　失色；有的晕了过去，没有人不伤心。要是
　　　　　全世界都看见这场情景，那么整个地球都会

罩上悲哀的。

侍从甲　他们回到宫里去了吗？

侍从丙　不，公主听见宝丽娜家里藏着一座她母亲的雕像，那是意大利名师裘里奥·罗曼诺费了几年辛苦新近才完成的作品，那真是巧夺天工，简直就像她活了过来的模样；人家说谁只要一见这座雕像，都会向她说话而等着她的回答的。她们已经怀着满心的渴慕，前去瞻仰了；预备就在那儿进晚餐。

侍从乙　我早就猜到她在那边曾经进行着什么重大的事情；因为自从赫米温妮死了之后，她每天总要悄悄地到那间隐僻的屋子里去两三次。我们也到那边去，大家助助兴好不好？

侍从甲　要是能够进去，谁不愿意去？眨一眨眼睛便有新的好事出来；我们去大可以添一番见识。走吧。

　　　　　　　　　　　　　　|侍从甲、乙、丙同下

奥托里古斯　倘不是因为我过去的名气不好，现在准可以升官发财了。我把那老头子和他的儿子带到了王子的船上，禀告他说我听见他们说起一个什么包裹，如此如此，这般这般；可是他在那

151

时太爱那个牧人的女儿了——他那时以为她
是个牧人的女儿——她有点儿晕船，他也不
大舒服，风浪继续不停，这秘密终于没有揭露
出来。可是那对于我反正是一样，因为即使
我是发现这场秘密的人，为了我的别种坏处，
人家也不会赏识我。这儿来的是两个我无心
给了他们好处的人，瞧他们已经神气起来了。

牧人及小丑上

牧人　来，孩子；我已经不能再添丁了，可是你的儿子
　　　女儿一生下来就是个上等人了。

小丑　朋友，咱们遇见得很巧。那天你不肯跟我打架，
　　　因为我不是个上等人。你看见没看见我这身
　　　衣服？说你没看见，仍旧以为我不是个上等
　　　人吧；你还是说这身衣服不是上等人吧。你
　　　说我说谎，你说，咱们来试试看我现在究竟是
　　　不是个上等人。

奥托里古斯　少爷，我知道您现在是个上等人了。

小丑　哦，我已经做了四个钟头的上等人了。

牧人　我也是呢，孩子。

小丑　你也是的。可是我比我爸爸先是个上等人：因
　　　为国王的儿子握着我的手，叫我做舅兄，于是

两位王爷叫我的爸爸做亲家；于是我的王子妹夫叫我的爸爸做岳父，我的公主妹妹叫我的爸爸做父亲；于是我们流起眼泪来，那是我们第一次流上等人的眼泪。

牧人 我们活下去还要流许许多多的上等人的眼泪呢，我儿。

小丑 噢，否则才是横财不富命穷人哩。

奥托里古斯 少爷，我低声下气地恳求您饶恕我一切冒犯少爷您的地方，在殿下那儿给我说句好话。

牧人 我儿，你就答应了他吧；因为我们现在是上等人了，应该宽宏大量一些。

小丑 你愿意改过自新吗？

奥托里古斯 是的，告少爷。

小丑 让我们握手。我愿意向王子发誓说你在波希米亚是个再规矩不过的好人。

牧人 你说说倒不妨，可不用发誓。

小丑 现在我已经是个上等人了，不用发誓吗？让那些下等人乡下人去空口说白话吧，我是要发誓的。

牧人 假如那是假的呢，我儿？

小丑 假如那是假的，一个真的上等人也该为他的朋

友而发誓。我一定要向王子发誓说你是个很
勇敢的人，说你不喝酒，虽然我知道你不是个
勇敢的人，而且你是要喝酒的；可是我却要
这样发誓，而且我希望你会是个勇敢的人。

奥托里古斯　少爷，我一定尽力孚您的期望。

小丑　哦，无论如何你要证明你自己是个勇敢的人；
你既不是个勇敢的人，怎么又敢喝酒，这事
我如果不觉得奇怪，那你就不要相信我好了。
听！各位王爷，我们的亲戚，都去瞧王后的雕
像去了。来，跟我们走，我们一定可以做你的
很好的靠山。

｜同下

# 第　三　场

同前。宝丽娜府中的礼拜堂

里昂提斯、波力克希尼斯、弗罗
利泽、潘狄塔、卡密罗、宝丽娜、
众臣及侍从等上

里昂提斯　可敬的善良的宝丽娜啊,你给了我多大的安慰!

宝丽娜　　啊,陛下,我虽然怀着满腔的愚诚,还不曾报效
　　　　　于万一。一切的微劳您都已给我补偿;这次
　　　　　又蒙您许可,同着友邦的元首和缔结同心的
　　　　　储贰光临蓬荜,真是天大的恩宠,终身都难报
　　　　　答的。

里昂提斯　啊,宝丽娜! 我们不过来打扰你而已。可是我
　　　　　来是要看一看我的先后的雕像;我已经浏览

155

过你的收藏，果然是琳琅满目，可是却还没有瞧见我的女儿专诚来此的目的物，她母亲的雕像呢。

宝丽娜　她活着的时候是绝世无双的；她身后的遗像，我相信一定远胜于你们眼中所曾见到或者人手所曾制作的一切，因此我才把它独自另放在一处。它就在这儿；请你们准备着观赏一座逼真的雕像，睡眠之于死也没有这般酷肖。瞧着赞美吧。[拉开帷幕，赫米温妮如雕像状赫然呈现]我喜欢你们的静默，因为它更能表示出你们的惊奇；可是说吧——陛下，您先说，它不有点儿像吗？

里昂提斯　她的自然的姿势！骂我吧，亲爱的石像，好让我相信你真的便是赫米温妮；可是你不骂我更使我觉得你真的是她，因为她是像赤子一样温柔、天神一样慈悲的。可是宝丽娜，赫米温妮脸上没有那么多的皱纹，并不像这座雕像一样老啊。

波力克希尼斯　是啊！远不是这样老。

宝丽娜　这格外见得雕刻师的手段，使十六年的岁月一气度过，而雕出了假如她现在还活着的形貌。

156

里昂提斯　假如她活着,她本该给我许多安慰的,现在却让我瞧着伤心。唉! 当我最初向她求爱的时候,她也正是这样立着,带着这样庄严的神情和温暖的生命,如同她现在这般冷然立着一样。我好惭愧! 那石头不在责备我比它心肠更硬吗? 啊,高贵的杰作! 在你的庄严里有一种魔术,提起了我过去的罪恶,使你那孺慕的女儿和你一样化石而呆立了。

潘狄塔　允许我,不要以为我崇拜偶像,我要跪下来求她祝福我。亲爱的母后,我一生下你便死去,让我吻一吻你的手吧!

宝丽娜　啊,耐心些! 雕像新近塑好,色彩还不曾干哩。

卡密罗　陛下,您把您的伤心看得太认真了,十六个冬天的寒风也不能把它吹去,十六个夏天的烈日也不能使它干涸,欢乐是从没有这么经久的;任何的悲哀也早就自生自灭了。

波力克希尼斯　我的王兄,让惹起这一场不幸的人分担着你的悲哀吧。

宝丽娜　真的,陛下,要是我早想到我这座小小的石像会使您这样感动,我一定不给您看。

里昂提斯　别拉下帷幕!

157

宝丽娜　您再看着它，就要以为它是会动的了。

里昂提斯　别动！别动！我死也不会相信她已经不在——谁能造出这么一件神工来呢？瞧，王兄，你不以为她在呼吸吗？那些血管里面不真的流着血吗？

波力克希尼斯　妙极！她的嘴唇上似乎有着温暖的生命。

里昂提斯　艺术的狡狯使她的不动的眼睛在我们看来似乎在转动。

宝丽娜　我要把帷幕拉下了；陛下出神得就要以为她是活的了。

里昂提斯　啊，亲爱的宝丽娜！让我把这种思想保持二十年吧。没有一种清明的理智比得上这种疯狂的喜乐。让它去。

宝丽娜　陛下！我很抱歉这样触动了您的心事；可是我还能够再给您一些痛苦的。

里昂提斯　好的，宝丽娜，因为这种痛苦是像抚慰一样甜蜜。可是我仍然觉得她的嘴里在透着气；哪一把好凿子会刻得出气息来呢？谁也不要笑我，我要吻她。

宝丽娜　陛下，您不能！她嘴上的红润还没有干燥，吻了之后要把她弄坏了，那油漆还要弄脏您的嘴

158

唇。我把帷幕拉下了吧?

里昂提斯　不,二十年也不要下幕。

　潘狄塔　我可以整整地站二十年瞧着她。

　宝丽娜　好了吧,立刻离开这座礼拜堂,否则准备着更大
　　　　　的惊异吧。要是你们有这胆子瞧着,我可以
　　　　　叫这座雕像真的动起来,走下来握住你们的
　　　　　手;可是那时你们一定会以为我有妖法相助,
　　　　　那我可绝对否认。

里昂提斯　无论你能够叫她做些什么动作,我都愿意瞧着;
　　　　　无论你叫她说什么话,我都愿意听着。倘使
　　　　　能够叫她动,那么一定也能叫她说话。

　宝丽娜　你们必须唤醒你们的信仰;然后大家静立。
　　　　　倘有谁以为我行的是犯法的妖术,他们可以
　　　　　走开。

里昂提斯　进行你的法术吧;谁都不准走动一步。

　宝丽娜　音乐,奏起来,唤醒她! ［音乐］是时候了,下
　　　　　来吧,不要再做石头了;过来,让瞧着你的众
　　　　　人大吃一惊。来,我会把你的坟墓填塞;转
　　　　　动你的身体,走下来吧,把你僵固的姿态交还
　　　　　给死亡,因为你已经从死里重新得到了生命。
　　　　　你们瞧,她已经动起来了。［赫米温妮走下］别

怕，我的法术并非左道，她的行动是神圣的。不要见她惊避，否则她将再死去；那时你便是第二次把她杀害了。哎，伸出你的手来；当她年轻的时候，你曾经向她求爱；如今她老了，她却成为求爱的人！

里昂提斯　[抱赫米温妮]啊！她是温暖的！假如这是魔术，那么让它是一种和吃饭一样合法的技术吧。

波力克希尼斯　她抱着他！

卡密罗　她攀住他的头颈！假如她是活的，那么让她开口吧。

波力克希尼斯　是的，而且宣布她一向住在哪里，怎样会死而复生。

宝丽娜　要是告诉你们她还活着，那一定会被你们斥为无稽之谈；可是好像她确乎活着，虽然还没有开口说话。再瞧一下吧。请你走过去，好姑娘，跪下来求你的母亲祝福。转过身来，娘娘，我们的潘狄塔已经找到了。[潘狄塔跪于赫米温妮前]

赫米温妮　神们，请下视人间，降福于我的女儿！告诉我，我的亲亲，你是在哪里遇救的？你在什么地方过活？怎样会找到你父亲的宫廷？我因为宝丽娜告诉我，说按照神谕，你或者尚在人

160

世，因此才偷生到现在，希望见到有这一天。

宝丽娜　那以后再说吧，免得他们都争着用同样的叙述来使你心烦。一块儿去吧，你们这辈命运的骄儿；让大家分享你们的欢喜吧！我，一只垂老的孤鸽，将去拣一株枯枝栖息，哀悼着我那永不回来的伴侣，直至死去。

里昂提斯　啊！别这样说，宝丽娜！我当初同意接受你指定的妻子，你也要接受我所指定的丈夫；这是我们约定在先的。你已经给我找到了我的妻子，可是我却不懂得事情的究竟；因为我觉得我明明看见她已经死了，好多次在她的墓前做过徒然的哀祷。我不必给你远远地找一位好丈夫，我有几分知道他的心。来，卡密罗，握着她的手；你的德行和正直为众人所仰望，并且可以由我们这一对国王证明。我们走吧。啊，瞧我的王兄！我恳求你们两位原谅我卑劣的猜疑。这个王子是你的女婿，上天替你的女儿做成了这件好事。好宝丽娜，给我们带路；一路上我们大家可以互相畅叙这许多年来的契阔。快走。

│众下

161